ग्यारह कहानियाँ

रवीन्द्रनाथ टैगोर

प्रभाकर प्रकाशन

ISBN: 978-93-5682-169-9
eISBN: 978-93-5682-168-2

© प्रकाशकाधीन

प्रकाशक: प्रभाकर प्रकाशन
प्लॉट नं.-55, मेन मदर डेयरी रोड
पांडव नगर, ईस्ट दिल्ली-110092
फोन: 011-40395855
व्हाट्स ऐप: +91 8368220032
ई-मेल: sales@pharosbooks.in
वेबसाइट: www.prabhakarprakashan.com

प्रथम संस्करण: 2023

ग्यारह कहानियाँ
रवीन्द्रनाथ टैगोर

विषय-सूची

कंकाल

जिस कमरे के अन्दर हम तीनों बचपन के साथी सोते थे उसके बराबर के कमरे की दीवार पर एक नर-कंकाल टँगा हुआ था। रात को हवा से उसकी हड्डियाँ खड़खड़ाया करती थीं। हमें उन हड्डियों को दिन के वक़्त में हिलाना पड़ता था। कारण था हम लोग तब पंडित जी से 'मेघनादवध' काव्य तथा कैम्बैल स्कूल के एक विद्यार्थी से हड्डियों की विद्या पढ़ा करते थे। हमारे बुजुर्ग चाहते थे कि हम लोग एकाएक सारी विद्याओं को दिमाग़ में उतार डालें। उनका वह लक्ष्य कहाँ तक पूरा हुआ, यह बात, जो हम जानते हैं, उनके सामने प्रकट करना बेकार की बात है, और जो नहीं जानते, उनसे छिपाया जाना ही अच्छा है।

उसके बाद बहुत समय गुज़र चुका था। इस बीच में उस घर से कंकाल और हम लोगों के मस्तिष्क से हड्डियों की विद्या निकलकर न जाने कहाँ चली गई, कुछ पता नहीं लग सका।

थोड़े दिन पहले एक रोज़ रात को, किसी कारण से और कहीं जगह न मिलने से उसी कमरे में सोना पड़ा जिसमें किसी ज़माने में कंकाल टंगा था। आदत न होने की वजह से मुझे नींद नहीं आई। करवट बदलते-बदलते गिरजाघर की घड़ी में बड़े-बड़े लगभग सभी घंटे बज गए। इतने में, घर के एक कोने में जो तेल का चिराग़ जल रहा था वह भी पाँच-एक मिनट बुत-बुत करके बिलकुल बुझ गया। इसके कुछ पहले हमारे घर में दो-एक मौतें हो चुकी थीं। इसी से इस दीया के बुझते ही मौत की याद आ गई। पता हुआ, यह जो आधी रात के समय एक दीये की लौ घने अँधेरे में बिला गई। प्रकृति के लिए जैसी यह है वैसी मनुष्य की छोटी-छोटी प्राणशिखाएँ हैं, जो कभी दिन में कभी रात में अचानक बुझकर हमारी याद से हमेशा के लिए मिट जाती हैं।

क्रमश: उस कंकाल की बात याद आ गई। उसकी जीवित हालत के विषय में कल्पना करते-करते सहसा ऐसा अहसास हुआ जैसे कोई चेतन पदार्थ अँधेरे घर में दीवार टटोलता हुआ मेरी मसहरी के चारों ओर घूम रहा हो। उसकी गहरी साँस खुद मुझे साफ-साफ सुनाई देने लगी। ऐसा लगा जैसे वह कोई खोई हुई चीज़ ढूँढ़ रहा हो। मैंने निश्चित समझ लिया कि यह सब कुछ मेरे नींद से दूर गरमाए हुए मस्तिष्क की कल्पना है और मेरे ही माथे में भन्नाता हुआ जो खून दौड़ रहा है वही पैरों की आहट की आवाज़ पैदा कर रहा है। किन्तु फिर भी, भय के मारे रोंगटे खड़े हो उठे। इस व्यर्थ के डर को ज़बरदस्ती दूर करने के इरादे से मैं बोल उठा—“कौन है?”

पाँवों की आहट चलती हुई मेरी मसहरी के पास आकर थम गई, और एक जवाब सुन पड़ा—“मैं हूँ। मेरा वह कंकाल कहाँ गया, उसे खोजने आई हूँ।”

मैंने सोचा कि अपनी काल्पनिक रचना के आगे डरना-डराना कुछ मायने नहीं रखता। और, गावतकिये से ज़ोर से चिपटकर मैंने हमेशा के परिचित की प्रकार सहज स्वर में कहा—“वाह, आधी रात के वक़्त काम तो खूब ढूँढ़ निकाला है! अब उस कंकाल से तुम्हें क्या मतलब?”

अँधेरे में मसहरी के बहुत ही निकट आकर उसने कहा—“खूब कहा! अरे, मेरी छाती की हड्डियाँ तो उसी में थीं। मेरा छब्बीस साल का यौवन तो उसी के चारों तरफ़ फूल की तरह खिला हुआ था। फिर अब उसको एक बार देखने की तबीयत नहीं होती?”

मैंने उसी समय कहा—“हाँ, बात तो ठीक है। तो तुम ढूँढ़ों, जाओ मैं ज़रा सोने की कोशिश करूँ।”

उसने कहा—“तुम अकेले ही हो क्यों? तो ज़रा बैठ जाऊँ। आज ज़रा बातचीत होने दो। आज से पैंतीस वर्ष पहले मैं भी आदमियों के पास बैठकर आदमियों की तरह ही गपशप किया करती थी। ये पैंतीस वर्ष मैंने सिर्फ़ शमशान की वीरान हवा में हू-हू करते हुए बिताए हैं। आज तुम्हारे निकट बैठकर और एक बार आदमियों की तरह गपशप कर लूँ।”

मुझे ऐसा लगा जैसे वह मसहरी के समीप आकर बैठ गई। और कोई चारा न देख मैंने ज़रा उत्साह के साथ ही कहा—“हाँ, यह ठीक है। ऐसा कोई किस्सा छेड़ो जिससे तबीयत खुश हो जाए।”

उसने कहा—"सबसे बढ़कर मजे का किस्सा सुनना चाहते हो तो मैं अपने जीवन की कहानी सुनाती हूँ सुनो।"

गिरजाघर की घड़ी में टन-टन दो बजे। वह कहने लगी—"जब मैं इनसान थी और छोटी थी, तब एक व्यक्ति से मैं यम की तरह डरती थी। वे थे मेरे पति। मछली को काँटे में फँसा लेने पर वह जैसे फड़फड़ाती है, मैं भी वैसे ही कुछ तड़पती थी। मुझे तब ऐसा तज़ुर्बा होता जैसे कोई एक बिलकुल अजनबी आदमी स्नेह जल से भरे मेरे जन्म-जलाशय से मुझे काँटे में फँसाकर खींचे लिये जा रहा हो, अब तो किसी तरह उसके हाथ से छुटकारा नहीं मिलने का। शादी के दो महीने पश्चात् ही मेरे पति की मृत्यु हो गई। घरवालों और नाते-रिश्तेदारों ने मेरी ओर बहुत कुछ शोक-विलास किया। मेरे ससुर ने बहुत-से लक्षण मिलाकर सास से कहा—"हथियारों में जिसे विषकन्या कहा गया है, मैं वही हूँ।" यह बात मुझे अभी तक बिलकुल साफतौर से याद है। सुनते हो, कहानी कैसी लग रही है?

मैंने कहा—"अच्छी है, कहानी के प्रारम्भ में तो बड़ा मज़ा आयेगा।"

"तो सुनो। आनन्द से मायके लौट आई। धीरे-धीरे उम्र बढ़ने लगी। लोग मुझसे छिपाते थे, मगर मैं खूब अच्छी तरह जानती थी कि मुझ जैसी खूबसूरती सरलता से नहीं मिलती। क्यों तुम्हारी क्या राय है?"

"हो सकता है। मगर मैंने तो तुम्हें कभी देखा नहीं।"

मेरा उत्तर सुनते ही वह ठहाका मारकर हँस पड़ी, और फिर कहने लगी—"देखा नहीं! क्यों, मेरा वह कंकाल? ही-ही-ही-ही मैं तुमसे उपहास कर रही हूँ! तुम्हारे सामने मैं कैसे साबित करूँ कि मेरी उन आँखों की खोखली हड्डियों के भीतर कमान-सी खिंची हुई, भौंरे-सी काली, बड़ी-बड़ी दो आँखें थीं, और उन रंगीन होंठों पर जो मीठी-मीठी मुस्कान थी उसकी अब इन उभरे हुए दाँतों की विकट हँसी के साथ किसी प्रकार बराबरी नहीं हो सकती। मैं कैसे बताऊँ कि इन्हीं इनी-गिनी लम्बी-सूखी हड्डियों के ऊपर इतना सुडौलपन था और यौवन की इतनी सुघड़ कोमल, मुश्किल, पूर्णता खिलती रहती थी कि तुमसे कहने में मुझे हँसी भी आती और गुस्सा भी। मेरे उस शरीर के कंकाल से दृष्टियों की विद्या सीखी जा सकती है, यह बात उस समय में बड़े-बड़े डॉक्टरों के दिमाग़ में भी न आती थी। मुझे खूब याद है, एक डॉक्टर ने अपने एक ख़ास दोस्त से मुझे कनक-चम्पा उपाधि दी थी। उसका अर्थ यह था कि संसार के और सब आदमी हड्डियों की विद्या और

जिस्म के तत्त्व के उदाहरण बन सकते हैं, किन्तु मैं ही सिर्फ़ एक ऐसी हूँ कि जिसे खुशबूदार सुंदर फूल के अलावा और कुछ भी नहीं कहा जा सकता। कनक-चम्पा के अन्दर क्या कोई कंकाल होता है?"

"मैं जब चलती तो मुझे ऐसा लगता, जैसे हीरे को हिलाने से उसके चारों ओर उजाला चमचमाता है, मेरे जिस्म के ज़रा-से हिलने-डुलने में वैसी ही सौन्दर्य की चमक मानो अनेक स्वाभाविक हिल्लोरों में चारों ओर बिखरी पड़ती हो। कभी-कभी मैं बहुत देर तक अपने हाथ देखा करती। देखती कि दुनिया के सारे उद्धत पौरुष के मुँह में लगाम डालकर मिठास से उन्हें बस में कर सकते थे, ऐसे हाथ थे वे! सुभद्रा जब अर्जुन को लेकर बड़े गर्व के साथ अपने विजय रथ को, हैरान तीन लोग के बीच में होकर चला ले गई थीं, तब शायद उनकी ऐसी ही दो अस्थूल सुडौल भुजाएँ, गुलाबी हथेलियाँ तथा लावण्य-शिखा के समान उँगलियाँ थीं।

लेकिन हाय, मेरे उस बेशर्म-बे-पर्दा, निराभरण, हमेशा के बूढ़े कंकाल ने तुम्हारे सामने झूठी गवाही दी है मेरी! तब मैं विवश थी, कुछ बोल न सकती थी, इसलिए सारे संसार में मेरा सबसे अधिक गुस्सा तुम्हीं पर है। ऐसा मन में आता है कि अपने उस सोलह वर्ष के जीवित और यौवन के ताप से तपे हुए ललाईयुक्त रूप को एक बार तुम्हारी आँखों के सामने रख दूँ। बहुत रोज़ के लिए तुम्हारी आँखों की नींद छुड़ा दूँ, तुम्हारी हड्डियों की विद्या को अस्थिर करके देश निकाला दे दूँ।"

मैंने कहा–"तुम्हारा शरीर होता तो मैं तुम्हारा शरीर छूकर कहता कि उस विद्या का रत्तीभर भी ज्ञान अब मेरे दिमाग़ में नहीं है। तुम्हारा वह दुनिया को मोह लेने वाले यौवन का रूप निशीथ रात्रि के इस अँधेरे पट पर चमचमाकर खिल उठा है। बस, अब ज़्यादा न कहलवाओ।"

वह कहने लगी–"मेरी कोई सखी-सहेली नहीं थी। भैया ने प्रतिज्ञा कर ली थी कि वे शादी न करेंगे। घर में केवल मैं ही अकेली थी। बग़ीचे में पेड़ के नीचे बैठी-बैठी मैं सोचा करती, पूरी दुनिया मुझसे ही प्रेम करती है। आकाश के सारे तारे मुझे ही देखा करते हैं, हवा छल से बार-बार गहरी साँस के रूप में मेरी ही बग़ल से निकल जाया करती है। जिस घास पर पाँव पसारे बैठी हूँ, उसमें अगर चेतना होती तो वह भी मुझे पाकर फिर से अचेतन हो जाती। मुझे पता होता, संसार के सारे युवक उस घास के रूप में दल बाँधकर शान्तिपूर्वक निकट खड़े हैं। दिल में बिना कारण न जाने कैसी एक वेदना का अनुभव करती रहती। मेरे भैया के मित्र

शशिशेखर जब मेडिकल कॉलेज की आख़िरी परीक्षा पास कर चुके, तो वे ही हमारे घर के डॉक्टर हुए। पहले मैं उन्हें ओट में से छिपकर कितनी ही बार देख चुकी थी। भैया बड़े अजीब व्यक्ति थे, दुनिया को मानो वे अच्छी प्रकार देख न सकते थे। समझो दुनिया उनके लिए बहुत खुली हुई न थी, इसलिए हटते-हटते वे बिलकुल उसके एक तट पर जा पहुँचे थे।

उनके दोस्तों में बस एक शशिशेखर ही थे। इसलिए बाहर के युवकों को मैं सिर्फ़ शशिशेखर को ही हमेशा से देखती आई थी और जब मैं शाम के वक़्त फूलों के पेड़ के नीचे सम्राज्ञी की तरह आसन जमाकर बैठती तब ऐसा लगता जैसे सारे संसार की पुरुष जाति शशिशेखर की मूर्ति धारण करके मेरे पैरों के पास आकर सहारा लेना चाहती है। सुन रहे हो? कहानी कैसी मालूम देती है?"

मैंने एक लम्बी साँस लेकर कहा—"मालूम होता है, मैं अगर शशिशेखर होकर पैदा होता तो अच्छा रहता।"

वह कहती गई, "पहले पूरी कहानी सुन तो लो। एक रोज़ की बात है, बदली से भरा दिन था, मुझे बुखार चढ़ा। डॉक्टर साहब देखने अन्दर आए। यही उसकी और मेरी सर्वप्रथम भेंट थी।"

"मैं खिड़की की तरफ़ मुँह किए लेटी थी, जिससे सूरज डूबने की लाल आभा चेहरे पर पड़े और उसका फीकापन जाता रहे। डॉक्टर ने घर में घुसते ही मेरे मुँह की ओर एक बार देखा, और मैंने तो मन-ही-मन अपने को डॉक्टर मानकर कल्पना से अपने मुँह की तरफ़ देखा। शाम के गुलाबी उजाले में नरम तकिये पर लापरवाही से पड़ा हुआ! वह मुख मुझे कुछ मुरझाया हुआ-सा कोमल फूल के जैसा महसूस हुआ, बिखरे हुए घुँघराले बाल माथे पर उड़ रहे थे, लज्जा से झुकी हुई बड़ी-बड़ी आँखों के कपोलों पर छाया डाल रहे थे।

डॉक्टर ने नर्मी के साथ मुलायम आवाज़ में भइया से बताया—"एक बार नाड़ी देखनी होगी।" मैंने रेशमी फ़र्द में अपना थका हुआ गोल-मटोल गोरा हाथ बाहर निकाल दिया। एक बार हाथ को निहारकर देखा, उसमें अगर नीले रंग की काँच की चूड़ियाँ पहने होती तो वह और भी अधिक अच्छा लगता। रोगी का हाथ थामकर नाड़ी देखने में डॉक्टर की ऐसी शरारत मैंने पहले कभी नहीं देखी न सुनी थी। उन्होंने, छूने से डरती तथा काँपती हुई उँगलियों से, मेरी नाड़ी देखी। वे मेरे बुखार की गरमी समझ गए और मैंने उनकी मन की नाड़ी कैसी चल रही है, इसका थोड़ा-थोड़ा अहसास पाया—क्यों, यक़ीन नहीं होता?

मैंने कहा—"न विश्वास करने का कोई कारण भी नहीं दिखता। आदमी की नाड़ी हर वक़्त एक-सी नहीं चलती।"

वह कहने लगी—"हूँ! धीरे-धीरे और भी दो-चार बार मरीज़ और स्वस्थ होने के बाद एक रोज़ मैंने देखा कि मेरी शाम की मन की सभा में संसार के करोड़ों व्यक्तियों की संख्या घटते-घटते आख़िर में वह 'एक' पर आकर ठहर गई। मेरी दुनिया क़रीब-क़रीब सूनी-सी हो गई। दुनिया में केवल एक डॉक्टर और एक रोगी बचा रहा।

शाम होते ही मैं चुपके से उठकर बसन्ती रंग की साड़ी पहनती, अच्छी प्रकार जूड़ा बाँधती, उस पर बेला के पुष्पों की माला लपेटती। और फिर एक दर्पण लेकर बग़ीचे में जा बैठती। क्यों? अपने को देख-देख कर क्या शान्ति नहीं होती थी? सचमुच नहीं होती थी। क्योंकि मैं स्वयं अपने को नहीं देखती, मैं तब अकेली बैठकर दो हो जाती। मैं तब डॉक्टर बनकर ख़ुद को ख़ूब निहार-निहार कर देखती। देखकर मोहित हो जाती, ख़ूब प्रेम करती, लाड-प्यार करती, और फिर भी दिल के अन्दर गहरी साँस उठ-उठकर शाम को आँधी की भाँति साँय-साँय करके हाहाकार कर उठती।

तब से मैं अकेली नहीं रही, जब चलती तो नीचे को नज़र डालकर निहार-निहार के देखती कि पैरों की उँगलियाँ धरती पर कैसे पड़ती हैं, और सोचती, इन पैरों का रखना मेरे नए परीक्षा उत्तीर्ण करने वाले डॉक्टर को कैसा लगता होगा! खिड़की के बाहर दोपहरी धाय-धाय करती रहती, एक प्रकार का गरम सन्नाटा छा जाता, कहीं भी कोई शोर-गुल नहीं, बीच-बीच में एक आध चील काफ़ी दूर आसमान में चीं-चीं करती हुई उड़ जाती, और हमारे बग़ीचे की चहारदीवारी के बाहर खिलौने वाला गीत के स्वर में 'चाहिए खिलौना चाहिए, चूड़ी चाहिए' बोल जाता। मैं स्वयं तब अपने हाथ से बिछौना करके उस पर एक धुली हुई सफ़ेद बारीक़ चादर बिछाकर सो जाती, और अपनी एक उखड़ी हुई बाँह को कोमल बिछोने पर अनादर से रखकर सोचती, इस हाथ को इस तरह से रखते हुए मानो किसी ने देख लिया, मानो किसी ने दोनों हाथों से उठा लिया, मानो धीरे-धीरे वह लौटा जा रहा है—सुनते हो, मान लो, यहीं पर कहानी ख़त्म हो जाए तो कैसा रहे?"

मैंने बताया—"अच्छा ही रहेगा। वैसे अधूरी तो रह जाएगी, पर मन-ही-मन पूरी करने में बाक़ी की रात मजे से कट जाएगी।"

उसने कहा–"हूँ! किन्तु इससे कहानी काफ़ी गम्भीर हो जाएगी। इसका मज़ाक़ फिर कहाँ रहेगा? इसके अन्दर का 'कंकाल' अपने सारे दाँत किटकिटाता हुआ कहाँ दिखाई देगा?"

"हाँ, फिर उसके बाद सुनो। ज़रा प्रैक्टिस बढ़ते ही डॉक्टर ने हमारे मकान के नीचे एक दवाख़ाना खोल दिया। तब फिर मैं उनसे हँसी-हँसी में कभी दवा की बात, कभी जहर की बात, कभी व्यक्ति सरलता से कैसे मर सकता है, यही सब ऊट-पटाँग बातें पूछती रहती। डॉक्टरी के बारे में डॉक्टर का मुँह खुल जाता। सुनते-सुनते ख़ामोश मानो परिचित घर के आदमी की तरह हो गई। फिर तो मुझे सिर्फ़ दो ही चीज़ें दुनिया में मालूम होने लगीं, प्रेम और मौत। सुनो, मेरी कहानी अब क़रीब-क़रीब ख़त्म हो चली है, अब अधिक देर नहीं है।"

मैंने मुलायम स्वर में कहा–"रात भी क़रीब-क़रीब ख़त्म हो आई।"

वह कहने लगी–"हाँ तो कुछ रोज़ से देखा कि डॉक्टर साहब बड़े अनमने-से रहने लगे हैं, मेरे से तो बहुत ही झेंपते हैं। एक दिन देखा कि वे कुछ अधिक ठाठ-बाट से सज-धजकर के भैया के निकट आए और उनसे बग्घी माँगने लगे। रात को कहीं जाएँगे आप। मुझसे रहा न गया। भैया के निकट जाकर बातों ही बातों में मैंने पूछा, "भैया, डॉक्टर साहब आज बग्घी लेकर कहाँ जा रहे हैं?" संक्षेप में भैया बोला–"मरने।" मैंने कहा–"बताओ न, भैया।" उन्होंने पहले की बनिस्बत कुछ और खुलासा करके बताया–"शादी करने।" मैंने कहा–"वाकई?" और खूब खिलखिलाकर हँसने लगी।

"धीरे-धीरे पता हुआ कि इस ब्याह में डॉक्टर को बारह हज़ार रुपये मिलेंगे। लेकिन मुझसे यह बात छिपाकर मुझे ज़लील करने का क्या अर्थ है? मैंने क्या उनके पैरों को पकड़कर कहा कि ऐसा कार्य करने में मैं छाती फाड़कर मर जाऊँगी? पुरुषों का यक़ीन नहीं। दुनिया में मैंने सिर्फ़ एक ही मनुष्य देखा है, और एक ही क्षण में उसके बारे में पूरी जानकारी हासिल कर ली है।

डॉक्टर मरीज़ को देखकर जब घर लौट आए, तो मैंने, खिलखिलाकर खूब हँसते-हँसते कहा–"क्या डॉक्टर साहब, मैंने सुना है कि आज आपकी शादी होने वाली है।" मेरी हँसी देखकर डॉक्टर केवल शरमाये ही नहीं, बल्कि उनका चेहरा फक पड़ गया। मैंने पूछा–"गाजे-बाजे कुछ नहीं बुलाए क्या?" सुनकर उन्होंने एक गहरी साँस ली, और बोले–"शादी क्या इतने मज़े की वस्तु है?" हँसते-हँसते मैं

लोट-पोट हो गई। मैंने ऐसी बात तो पहले कभी नहीं सुनी थी। मैंने कहा–“इसलिए नहीं होगा, बाजे होने चाहिए, रोशनी होनी चाहिए, पूरा-पूरा ठाठ-बाट तो होना चाहिए।” उसके पश्चात् भैया को मैंने ऐसा विचलित कर डाला कि भैया उसी वक़्त धूमधाम से बारात निकालने की तैयारी में लग गए।

मैं बार-बार एक ही बात छेड़ने लगी कि बहू के घर आने के बाद क्या होगा, मैं क्या करूँगी? डॉक्टर से मैं पूछ बैठी, “अच्छा, डॉक्टर साहब तब भी क्या आप इसी प्रकार रोगियों की नाड़ी मसकते फिरेंगे? ही-ही-ही! यद्यपि मनुष्य का और विशेष पुरुष का मन दिखाई नहीं देता, फिर भी मैं पक्के विश्वास से कह सकती हूँ कि मेरी बात डॉक्टर की छाती में शूल की प्रकार चुभकर रह गई होगी।”

बहुत रात गुज़रने लगी थी। शाम के वक़्त डॉक्टर छत पर बैठे भैया के साथ दो-एक गिलास शराब पी रहे थे। दोनों आदमी इस काम के थोड़े-थोड़े आदी थे। धीरे-धीरे आसमान में चाँद उगने लगा। मैं हँसती हुई ऊपर पहुँची, कहने लगी–“डॉक्टर साहब, भूल गए क्या? चलने का वक़्त हो गया है।”

एक बात मैं कहना भूल गई। इस मध्य मैं छिपकर दवाख़ाने में जाकर थोड़ा-सा सफ़ेद चूरा ले आई थी। छत पर पहुँचते ही दोनों की नज़र बचाकर मैंने उसे डॉक्टर के गिलास में मिला दिया। सफ़ेद चूरे को खाने से व्यक्ति मर जाता है, मैंने डॉक्टर से ही जान लिया था।

डॉक्टर ने एक साँस में पूरा गिलास खाली करके मेरे मुख की तरफ़ दिल को छू लेने वाली नज़र डालकर भीगे हुए गद्गद गले से कहा, “अच्छा तो अब मैं चलता हूँ।” शहनाई बजने लगी। नीचे उतरकर मैंने एक बनारसी साड़ी पहनी, तथा जितने भी गहने मेरे संदूक में बंद रखे थे, सब-के-सब निकालकर पहन लिए। माँग में काफ़ी अच्छी तरह सिन्दूर भर लिया, और फिर अपने उसी मौलसिरी के पेड़ के नीचे बिछौना बिछाकर लेट गयी। काफ़ी सुहानी रात थी। सफ़ेद चाँदनी चारों तरफ़ छिटक रही थी। सोती हुई दुनिया की थकावट दूर करती दक्षिणी हवा चल रही थी। मौलसिरी और बेला की खुशबू से सारा बग़ीचा महक रहा था।

शहनाई की धुन धीरे-धीरे जब दूर होती चली गई, चाँदनी जब अँधेरे का रूप धारण करने लगी, मेरा वह मौलसिरी का वृक्ष बग़ीचा, ऊपर का आसमान, नीचे का मेरा वह अजन्मकाल का घर-द्वार सब कुछ को लेकर जगत् जब मेरे चारों ओर से माया की तरह बिछाने लगी, तब मैं आँखें मूँदकर हँसने लगी। इच्छा थी, जब लोग

मुझे आकर देखें तो मेरी वह हँसी रंगीन नशे की तरह मेरे होंठों पर ज्यों-की-त्यों लगी रहे। बस यही इच्छा थी, अपनी उस हँसी को यहाँ से मैं अपने साथ लेती जाऊँ; तथा वहाँ जब मैं अपने मिलन के सुहाग-कक्ष में धीरे से प्रवेश करूँ, तब तक वह ऐसी-की-ऐसी बनी रहे।

पर कहाँ गया मेरा वह सुहाग-कक्ष! कहाँ गया मेरा वह मिलन का रंगीन खूबसूरत वेश! अपने अन्दर के डर से एक खट-खट की आवाज़ सुनकर मैं जाग गई। देखा तो, मुझे लेकर लड़के हड्डियों की विद्या सीख रहे हैं। वक्ष के अन्दर जहाँ सुख-दुःख धुक-धुक करता रहता था और एक-एक करके हर दिन जहाँ यौवन की कलियाँ मुस्कुराती हुई खिला करती थीं, वहाँ बेंत दिखा-दिखा कर किस हड्डी का क्या नाम है, यह सीखा जा रहा है।

"सुनो, मैंने जो अपने सारे दिल को निचोड़कर अपने उन होंठों पर आख़िरी हँसी खिलाई थी, उसका कोई निशान तुम्हें दिखाई दिया था क्या?"

"कहानी कैसी लगी?"

मैंने कहा–"बड़े मज़े की है।"

इतने में कौआ बोल पड़ा।

मैंने पूछा–"अभी उपस्थित हो क्या?"

कोई उत्तर नहीं मिला।

घर में सुबह की सुहानी रोशनी चमक उठी।

***

भिखारिन

प्रतिदिन अन्धी मन्दिर के दरवाज़े पर जाकर खड़ी रहती, दर्शन करने वाले बाहर निकलते तो वह अपना हाथ फैला देती और नम्रता से कहती–“बाबू जी, अन्धी पर कृपा हो जाए।”

वह जानती थी कि मन्दिर में आने वाले लोग सहृदय और श्रद्धालु हुआ करते हैं। उसका यह अन्दाज़ा मिथ्या न था। आने-जाने वाले दो-चार पैसे उसके हाथ पर रख ही देते। अन्धी उनको दुआएँ देती और उनकी दिलपरी को सराहती। औरतें भी उसके पल्ले में थोड़ा-बहुत अनाज डाल जाया करती थीं।

सुबह से शाम तक वह इसी तरह हाथ फैलाए खड़ी रहती। उसके बाद मन-ही-मन भगवान को नमस्कार करती और अपनी लाठी के सहारे झोंपड़ी का पथ ग्रहण करती। उसकी झोंपड़ी दृष्टि से बाहर थी। रास्ते में प्रार्थना करती जाती किन्तु राहगीरों में अधिक संख्या सफ़ेद कपड़ों वालों की होती, जो पैसे की बनिस्बत झिड़कियाँ दिया करते हैं। तब भी अन्धी मायूस न होती और उसकी याचना बराबर जारी रहती। झोंपड़ी तक पहुँचते-पहुँचते उसे दो-चार पैसे और मिल जाते।

झोंपड़ी के क़रीब पहुँचते ही एक दस वर्ष का लड़का उछलता-कूदता आता और उससे लिपट जाता। अन्धी टटोलकर उसके माथे को चूमती।

बच्चा कौन है? किसका है? कहाँ से आया? इस मामले से कोई परिचय नहीं था। पाँच वर्ष हुए आस-पड़ोस वालों ने उसे अकेला देखा था। इन्हीं दिनों एक शाम के समय लोगों ने उसकी गोद में एक बच्चा देखा, वह रो रहा था, अन्धी उसका मुख चूम-चूमकर उसे चुप कराने की चेष्टा कर रही थी। वह कोई साधारण घटना न थी, फिर भी किसी ने भी न पूछा कि बच्चा किसका है? उसी रोज़ से यह बच्चा

अन्धी के पास था और प्रसन्न था। उसको वह अपने से अच्छा खिलाती-पिलाती तथा पहनाती।

अन्धी ने अपनी झोंपड़ी में एक हंडिया गाड़ रखी थी। शाम के वक़्त जो कुछ माँगकर लाती उसमें डाल देती और उसे किसी चीज़ से ढँक देती। इसलिए कि दूसरे व्यक्तियों की दृष्टि उस पर न पड़े। खाने के लिए अनाज काफ़ी मिल जाता था। उससे काम चलाती। पहले बच्चें को पेट भरकर खिलाती फिर खुद खाती। रात को बच्चे को अपनी छाती से लगाकर वहीं पड़ जाती। प्रातःकाल होते ही उसको खिला-पिलाकर फिर मन्दिर के द्वार पर जा खड़ी होती।

काशी में सेठ बनारसी दास काफ़ी प्रसिद्ध व्यक्ति है। बच्चा-बच्चा उनकी कोठी को जानता है। काफ़ी बड़े देशभक्त और धर्मात्मा हैं। धर्म में उनकी बड़ी रुचि है। दिन के बारह बजे सेठ स्नान-ध्यान में संलग्न थे, मगर ऐसे आदमियों का तो ताँता बँधा रहता जो अपनी जमा पूँजी सेठ जी के पास धरोहर रूप में रखने आते थे। सैकड़ों भिखारी अपनी जमा पूँजी इन्हीं सेठ जी के पास जमा कर जाते। अन्धी को भी यह बात मालूम थी, किन्तु पता नहीं अब वह अपनी कमाई यहाँ इकट्ठा कराने में क्यों हिचकिचाती थी।

उसके पास काफ़ी रुपये हो गए थे, हाँडी लगभग पूरी भर गयी थी। उसको भय था कि कोई चुरा न ले। एक रोज़ शाम के समय अन्धी ने वह हाँडी उखाड़ी और अपने फटे हुए आँचल में छिपाकर सेठ जी की कोठी पर जा पहुँची।

सेठ जी बहीखाते के पन्ने उलट रहे थे, उन्होंने पूछा–“क्या है बुढ़िया?”

अन्धी ने हाँडी उनके आगे सरका दी और डरते-डरते कहा–“सेठ जी, इसे अपने निकट जमा कर लो, मैं अन्धी, अपाहिज कहाँ रखती फिरूँगी?”

सेठ जी ने हाँडी की तरफ़ देखकर कहा–“इसमें क्या है?”

अन्धी ने जवाब दिया–“भीख माँग-माँग कर अपने बच्चे के लिए दो-चार पैसे इकट्ठे किये हैं, अपने निकट रखते हुए डरती हूँ, कृपया इन्हें आप अपनी कोठी में रख लें।”

सेठ जी ने मुनीम की तरफ़ इशारा करते हुए कहा–“बही में जमा कर लो।” फिर बुढ़िया से पूछा–“तेरा नाम क्या है?”

अन्धी ने अपना नाम बताया, मुनीम जी ने नकदी गिनकर उसके नाम पर जमा कर ली और सेठ जी को आशीर्वाद देती हुई अपनी झोंपड़ी के अन्दर चली गयी।

दो साल बहुत सुख के साथ बीते। इसके पश्चात् एक दिन लड़के को ज्वर ने आ दबाया। अन्धी ने दवा-दारू की, झाड़-फूँक से भी कार्य लिया, टोने-टोटके की परीक्षा की परन्तु सारी कोशिशें बेकार साबित हुईं। लड़के की हालत दिनों-दिन बुरी होती गई, अन्धी का हृदय टूट गया, साहस ने जवाब दे दिया, निराश हो गई, मगर फिर ध्यान आया कि शायद डॉक्टर के इलाज से फायदा हो जाए। इस ख़याल के आते ही वह गिरती-पड़ती सेठ जी की कोठी पर आ पहुँची। सेठ जी वहाँ उपस्थित थे।

अन्धी बोली–“सेठ जी मेरी जमा-पूँजी में से दस-पाँच रुपये मुझे मिल जायें तो बड़ी मेहरबानी हो! मेरा बच्चा मर रहा है, डॉक्टरों को दिखाऊँगी।”

सेठ जी ने कठोर स्वर में कहा–“कैसी जमा-पूँजी? कैसे रुपये? मेरे निकट किसी के रुपये जमा नहीं हैं।”

अन्धी ने रोते हुए कहा–“दो साल हुए मैं आपके पास धरोहर रख गयी थी। दे दीजिए बड़ी कृपा होगी।”

सेठ जी ने मुनीम की तरफ़ रहस्यमयी नज़र से देखते हुए कहा–“मुनीम जी, ज़रा देखना तो, इसके नाम की कोई रकम जमा है क्या? तेरा नाम क्या है री?”

अन्धी की जान-में-जान आई, उम्मीद बँधी। पहला उत्तर सुनकर उसने सोचा कि सेठ बेईमान है, लेकिन अब सोचने लगी, शायद उसे ध्यान न रहा होगा। ऐसा धर्मी आदमी भी भला कहीं झूठ बोल सकता है। उसने अपना नाम भी बता दिया। उलट-पलट कर देखा। फिर कहा–“नहीं तो, इस नाम पर एक पैसा भी जमा नहीं है।”

अन्धी वहीं बैठी रही। उसने रो-रोकर कहा–“सेठ जी, भगवान के नाम पर, धर्म के नाम पर, कुछ दे दीजिए। मेरा बच्चा जी जाएगा। मैं ज़िन्दगी भर आपके गुण गाऊँगी।”

मगर पत्थर में कोमलता न आई। सेठ जी ने गुस्सा होकर उत्तर दिया–“जाती है या फिर नौकर को बुलाऊँ।”

अन्धी लाठी टेककर खड़ी हो गई और सेठ की ओर मुँह करके बोली–“अच्छा भगवान तुम्हें बहुत दे।” और अपनी झोंपड़ी की ओर चल दी।

यह आशीर्वाद नहीं था बल्कि एक दुखी का शाप था। बच्चे की दशा बिगड़ती गई, दवा-दारू हुई ही नहीं लाभ क्यों होता। एक दिन उसकी हालत चिन्ताजनक

हो गयी, प्राणों के लाले पड़ गये, अन्धी भी उदास हो गई। सेठ जी पर रह-रहकर उसे क्रोध आता था। इतना धनी व्यक्ति है, दो-चार रुपये दे देता तो क्या चला जाता और फिर मैं उससे कुछ दान नहीं माँग रही थी, अपने ही पैसे माँगने गई थी। सेठ जी से नफ़रत हो गई।

बैठे-बैठे उसको कुछ ख़याल आया। उसने बच्चे को अपनी गोद में उठा लिया और ठोकरें खाती, गिरती-पड़ती सेठ जी के निकट पहुँची और उनके दरवाज़े पर धरना देकर बैठ गई। बच्चे का जिस्म ज्वर से भभक रहा था और अन्धी का कलेजा भी।

एक नौकर किसी काम से बाहर आया। अन्धी को वहाँ बैठा देखकर उसने सेठ जी को सूचना दी, सेठ जी ने इजाज़त दी, कि उसे भगा दो।

नौकर ने अन्धी से चले जाने के लिए कहा, लेकिन वह उस स्थान से हिली तक नहीं। मारने का डर दिखाया, पर वह टस-से-मस न हुई। उसने फिर भीतर जाकर कहा कि वह नहीं डरती।

सेठ जी स्वत: बाहर गये। देखते ही पहचान गये। बच्चे को देखकर उन्हें बहुत अचम्भा हुआ कि उसकी शक्ल-सूरत उनके मोहन से काफ़ी मिलती-जुलती है। सात वर्ष तक मोहन किसी मेले में खो गया था। उसकी काफ़ी खोज की, पर उसका कोई पता न मिला। उन्हें याद हो आई मोहन की जाँघ पर एक लाल रंग का निशान था। इस विचार के आते ही उन्होंने अन्धी की गोद में बच्चे की जाँघ देखी। निशान ज़रूर था परन्तु पहले से कुछ बड़ा। उनको यक़ीन हो गया था कि बच्चा उन्हीं का है। उन्होंने फ़ौरन उसको छीनकर अपने कलेजे से चिपका लिया। जिस्म बुखार से तप रहा था। नौकर को डॉक्टर लाने के लिए भेजा और खुद मकान के अंदर चल दिये।

अन्धी खड़ी हो गयी और चिल्लाने लगी–"मेरे बच्चे को मत ले जाओ, मेरे रुपये तो हजम कर गये अब क्या मेरा बच्चा भी मुझसे छीनोगे?"

सेठ जी काफ़ी चिन्तित हुए और कहा–"बच्चा मेरा है, यही एक बच्चा है, सात वर्ष पहले कहीं खो गया था अब मिला है, इसलिए इसे कहीं नहीं जाने दूँगा और लाख कोशिशें करके भी इसकी जान बचाऊँगा।"

अन्धी ने एक ज़ोरदार ठहाका लगाया–"तुम्हारा बच्चा है, इसलिए लाख कोशिश करके भी इसे बचाओगे। मेरा बच्चा होता तो उसे मर जाने देते, क्यों? यह भी कोई इनसान है? इतने रोज़ तक खून-पसीना करके उसको पाला है। मैं उसको अपने हाथ से नहीं जाने दूँगी।"

सेठ जी की अजीब स्थिति थी। कुछ करते-धरते बन नहीं पड़ता था। कुछ देर वहीं मौन खड़े रहे फिर मकान के भीतर चले गये। अन्धी कुछ समय तक खड़ी रोती रही फिर वह भी अपनी झोंपड़ी की तरफ़ चल दी।

दूसरे दिन प्रातः भगवान की कृपा हुई या दवा ने जादू का-सा प्रभाव दिखाया। मोहन का बुखार उतर गया। होश आने पर उसने आँख खोली तो सबसे पहले शब्द उसकी ज़ुबान से निकला–"माँ!"

चारों तरफ़ अजनबी शक्लें देखकर अपने नेत्र फिर बंद कर लिये। उस समय से उसका बुखार फिर ज़्यादा होना शुरू हो गया। माँ की रट लगी हुई थी, डॉक्टरों ने जवाब दे दिया, सेठ जी के हाथ-पाँव फूल गये, उन्हें चारों ओर अँधेरा दिखाई पड़ने लगा।

"क्या करूँ, अब एक ही बच्चा है, इतने दिनों पश्चात् मिला भी तो मौत उसको अपने चंगुल में दबा रही है, इसे किस तरह बचाऊँ?"

अचानक उसको अन्धी का ख़याल आया। पत्नी को बाहर भेजा कि देख कहीं वह अब तक द्वार पर न बैठी हो, परन्तु वह वहाँ कहाँ थी? सेठ जी ने फिटन तैयार कराई और बस्ती से बाहर उसकी झोंपड़ी पर पहुँचे। झोंपड़ी बिना द्वार की थी, अन्दर गए। देखा अन्धी एक फटे-पुराने टाट पर पड़ी है और उसकी आँखों से अश्रुधारा निकल रही है। सेठ जी ने आहिस्ता से उसको हिलाया। उसका शरीर भी अग्नि की मानिन्द तप रहा था।

सेठ जी ने कहा–"बुढ़िया तेरा बच्चा मर रहा है, डॉक्टर मायूस हो गए, रह-रहकर वह तुझे पुकारता है। अब तू ही उसकी जान बचा सकती है। चल और मेरे...नहीं अपने बच्चे की जान बचा ले।"

अन्धी ने उत्तर दिया–"मरता है तो मरने दो, मैं भी मर रही हूँ। हम दोनों स्वर्गलोक में फिर माँ-बेटे की तरह मिल जाएँगे। इस लोक में सुख नहीं है, वहाँ मेरा बच्चा सुख में रहेगा। मैं वहाँ उसकी ठीक प्रकार से सेवा-शुश्रूषा करूँगी।"

सेठ जी रो दिये। आज तक कभी उन्होंने किसी के सामने सिर नहीं झुकाया था, मगर इस वक़्त अन्धी के पाँवों पर गिर पड़े और रो-रो कर कहा–"ममता की लाज रख लो, आख़िर तुम भी उसकी माँ हो। चलो, तुम्हारे जाने से वह बच जायेगा।"

ममता शब्द ने अन्धी को व्याकुल कर दिया। उसने तुरन्त कहा–"अच्छा चलो।"

सेठ जी उसको सहारा देकर बाहर आये तथा फिटन पर बिठा दिया। फिटन घर की तरफ़ दौड़ने लगी। उस समय सेठ जी और अन्धी भिखारिन दोनों की एक ही हालत थी। दोनों की यही मर्ज़ी थी कि जल्दी-से-जल्दी अपने बच्चे के पास पहुँच जायें। कोठी आ गई, सेठ जी ने सहारा देकर अन्धी को उतारा और भीतर ले गए। भीतर जाकर अन्धी ने मोहन के माथे पर हाथ रखा। मोहन पहचान गया कि यह उसकी माँ का हाथ है। उसने फ़ौरन आँखें खोल दीं, और उसे अपने पास खड़े हुए देखकर कहा–"माँ, तुम आ गयीं।"

अन्धी भिखारिन मोहन के सिरहाने बैठ गयी तथा उसने मोहन का सिर अपनी गोद में रख लिया। उसको काफ़ी सुख का अहसास हुआ और वह उसकी गोद में तुरन्त सो गया।

दूसरे रोज़ से मोहन की हालत अच्छी होने लगी और दस-पन्द्रह दिन में वह बिलकुल स्वस्थ हो गया। जो काम हकीमों के जोशान्दे, वैद्यों की पुड़िया और डॉक्टरों के मिक्सचर न कर सके वह अन्धी की प्यारभरी सेवा ने ही पूरा कर दिया।

मोहन के पूरी तरह से ठीक हो जाने पर अन्धी ने विदा माँगी। सेठ जी ने बहुत कुछ कहा-सुना कि वह उन्हीं के साथ रह जाए, परन्तु वह राज़ी न हुई, मजबूर होकर विदा करना पड़ा। जब वह चलने लगी तो सेठ जी ने वह रुपयों की थैली उसके हाथ में दे दी। अन्धी ने पूछा–"इसमें क्या है?"

सेठ जी बोले–"इसमें तुम्हारी धरोहर है, तुम्हारे रुपये। मेरा वह अपराध...।"

अन्धी ने बात काटकर कहा–"यह रुपये तो मैंने तुम्हारे मोहन के लिए जमा किये थे, उसी को दे देना।"

अन्धी ने थैली वहीं पर छोड़ दी और लाठी टेकती हुई चल दी। बाहर निकलकर फिर उसने उस घर की तरफ़ नेत्र उठाये। उसकी आँखों से आँसू बह रहे थे मगर वह एक भिखारिन होते हुए भी सेठ से महान थी। इस वक़्त सेठ भिखारी था और वह देने वाली थी।

***

अंतिम प्यार

आर्ट स्कूल के प्रोफ़ेसर मनमोहन बाबू घर में बैठे हुए दोस्तों के साथ मनोरंजन कर रहे थे, ठीक उसी वक़्त योगेश बाबू कमरे में घुसे।

योगेश बाबू उत्तम श्रेणी के चित्रकार थे, उन्होंने अभी थोड़े वक़्त पूर्व ही स्कूल छोड़ा था। उन्हें देखकर एक आदमी ने कहा–"योगेश बाबू! नरेन्द्र क्या कहता है, आपने सुना कुछ उसके बारे में?"

बाबू ने आराम से कुर्सी पर बैठकर पहले तो एक लम्बी साँस ली, उसके पश्चात् बोले–"कहता क्या है वह?"

नरेन्द्र कहता है–"बंग प्रान्त में उसकी कोटि का कोई भी चित्रकार इस समय नहीं है।"

"सही है, अभी नया-नया लड़का है न। हम लोग तो जैसे आज तक घास छीलते रहे हैं।" झुँझलाकर योगेश बाबू ने कहा।

जो लड़का बातें कर रहा था, उसने कहा–"सिर्फ़ यही नहीं, नरेन्द्र आपको भी इज़्ज़त की नज़र से नहीं देखता।"

योगेश बाबू ने उपेक्षित भाव में कहा–"क्यों मैंने गलती की है?"

"वह कहता है आप अपने आदर्श को ध्यान में रखते हुए चित्र नहीं बनाते।"

"तो किस नज़रिये से बनाता हूँ?"

"नज़रिया...?"

"केवल, रुपयों के लिए।"

योगेश ने एक नेत्र बन्द करके कहा—"बेकार, ये सब बेकार की बात है।" फिर आवेश में कान के पास से अपने अस्त-व्यस्त बालों को ठीक कर काफ़ी देर तक ख़ामोश बैठा रहा। चीन का जो सबसे बड़ा चित्रकार हुआ है उसके बाल भी बहुत बड़े थे। यही वजह थी कि योगेश ने भी अपने स्वभाव के खिलाफ सिर पर लम्बे-लम्बे बाल रखे हुए थे। ये बाल उनके मुख पर बिलकुल नहीं जँचते थे। क्योंकि बचपन में एक बार चेचक के आक्रमण से उनके प्राण तो बच गये थे। मगर मुख बहुत कुरूप हो गया था। एक तो काला रंग, दूसरे चेचक के दाग। चेहरा देखकर अचानक यह जान पड़ता था, मानो किसी ने बंदूक में छर्रे भरकर लिबलिबी दबा दी हो।

कक्ष में जो लड़के बैठे थे, योगेश बाबू को क्रोध में देखकर उनके सामने ही मुँह बन्द करके हँस रहे थे।

सहसा वह हँसी योगेश बाबू ने भी देख ली, गुस्से के स्वर में बोले—

"तुम लोग क्यों हँस रहे हो?"

एक लड़के ने चाटुकारिता से जल्दी-जल्दी कहा—"नहीं महाशय जी! आपको क्रोध आये और हम लोग हँसें, यह भला कभी ऐसा हो सकता है।"

"ऊँह! मैं समझ गया, अब अधिक चालाकी की ज़रूरत नहीं। क्या तुम लोग यह कहना चाहते हो कि अब तक तुम सब दाँत निकालकर रो रहे थे? मैं ऐसा मूर्ख नहीं हूँ।" यह कहकर उन्होंने आँखें मूँद लीं।

लड़कों ने किसी तरह हँसी रोककर कहा—"चलिए यों ही सही, हम हँसते ही थे और रोते भी क्यों मगर हम नरेन्द्र के पागलपन को सोचकर हँसते थे। वह देखो मास्टर साहब के साथ नरेन्द्र भी आ रहा है।"

मास्टर साहब के साथ-साथ नरेन्द्र भी कमरे में आ गया था।

योगेश ने एक बार नरेन्द्र की तरफ़ घूमती हुई नज़र से देखकर मनमोहन बाबू से कहा—"महाशय! मेरे बारे में नरेन्द्र क्या कहता है?"

मनमोहन बाबू जानते थे कि उन दोनों की नहीं बनती है। दो पाषाण जब परस्पर टकराते हैं तो आग पैदा हो ही जाती है। अतएव वह बात को सँभालकर, मुस्कुराते-से बोले—"योगेश बाबू नरेन्द्र क्या कहता है?"

"नरेन्द्र कहता है कि मैं रुपये के नज़रिये से चित्र बनाता हूँ। मेरा कोई आदर्श नहीं है?"

मोहन बाबू ने पूछा–“क्यों नरेन्द्र?”

नरेन्द्र अब तक मौन खड़ा था, अब किसी तरह आगे आकर बोला–“हाँ कहता हूँ, मेरा यही मश्वरा भी है।”

योगेश बाबू ने मुँह बनाकर कहा–“बड़े आये राय देने वाले। छोटे मुँह बड़ी बात। अभी कल का छोकरा और इतनी बड़ी-बड़ी बातें।”

मनमोहन बाबू ने कहा–“योगेश बाबू जाने दीजिए, नरेन्द्र अभी छोटा है, तथा बात भी छोटी-सी है। इस पर झगड़ने की क्या ज़रूरत है?”

योगेश बाबू उसी प्रकार आवेश में बोले–“बच्चा है। नरेन्द्र बच्चा है। जिसके मुँह पर इतनी बड़ी-बड़ी मूँछें हों, वह अगर बच्चा है तो बूढ़ा क्या होगा? मोहन बाबू! आप क्या कहते हैं?”

एक विद्यार्थी ने कहा–“महाशय, अभी कुछ समय पहले तो आपने उसको कल का छोकरा बताया था।”

योगेश बाबू का मुख क्रोध से लाल हो गया, बोले–“कब कहा था?”

“अभी इससे कुछ समय पहले।”

“झूठ! बिलकुल झूठ! जिसकी इतनी बड़ी-बड़ी मूँछें हैं मैं उसे छोकरा कहूँ, नामुमकिन है। क्या तुम लोग यह कहना चाहते हो कि मैं बिलकुल मूर्ख हूँ?”

सब लड़के एक स्वर में बोले–“नहीं, महाशय! ऐसी बात हम भूलकर भी मुँह पर नहीं ला सकते।”

मनमोहन बाबू किसी तरह हँसी को रोककर बोले–“चुप-चुप! बात को घुमाओ नहीं।”

योगेश बाबू ने कहा–“हाँ नरेन्द्र! तुम यह कहते हो कि बंग प्रान्त में तुम्हारे जैसा कोई चित्रकार नहीं है।”

नरेन्द्र ने कहा–“आपने किस तरह जाना?”

“तुम्हारे दोस्तों ने मुझसे कहा था।”

“मैं यह नहीं कहता। तब भी इतना ज़रूर कहूँगा कि मेरी भाँति हृदय-रक्त पीकर बंगाल में कोई चित्र नहीं बनाता।”

“इसका प्रमाण?”

नरेन्द्र ने आवेशमय स्वर में कहा–"प्रमाण की क्या आवश्यकता है? मेरा अपना यही विचार है।"

"तुम्हारा ख़याल गलत है।"

नरेन्द्र बहुत कम बोलने वाला आदमी था। उसने कोई जवाब नहीं दिया।

मनमोहन बाबू ने इस नाराज़गी वाली बातचीत को बन्द करने के प्रति कहा–"नरेन्द्र इस बार प्रदर्शनी के लिए तुम चित्र बनाओगे ना?"

नरेन्द्र ने कहा–"इरादा तो है।"

"मैं देखूँगा तुम्हारा चित्र कैसा रहता है?"

नरेन्द्र ने श्रद्धाभाव से उनकी पगधूलि लेकर कहा–"जिसके गुरु आप हैं उसे क्या परेशानी? देखना सबसे अच्छा रहेगा।"

योगेश बाबू ने कहा–"राम से पहले रामायण! पहले चित्र बनाओ फिर कहना।"

नरेन्द्र ने मुँह फेरकर योगेश बाबू की तरफ़ देखा, कहा कुछ भी नहीं, मगर ख़ामोशी और उपेक्षा ने बातों से कहीं अधिक योगेश के मन को आहत किया।

मनमोहन बाबू ने कहा–"योगेश बाबू चाहे आप कुछ कहें परन्तु नरेन्द्र को अपनी आत्मिक शक्ति पर बहुत बड़ा यक़ीन है। मैं पक्के यक़ीन से कह सकता हूँ कि यह भविष्य में एक बड़ा चित्रकार होगा।"

नरेन्द्र धीरे-धीरे कक्ष से बाहर चला गया।

एक विद्यार्थी ने कहा–"प्रोफ़ेसर साहब, नरेन्द्र में किसी हद तक विक्षिप्तता की झलक दिखाई देती है।"

मनमोहन बाबू ने कहा–"हाँ, मैं भी जानता हूँ। जो इनसान अपने भाव अच्छी प्रकार प्रकट करने में सफल हो जाता है, उसे सर्व-साधारण किसी हद तक विक्षिप्त समझते हैं। चित्र में एक विशेष तरह का आकर्षण तथा मोहकता उत्पन्न करने की उसमें असाधारण क़ाबिलियत है। तुम्हें पता है, नरेन्द्र ने एक बार क्या किया था? मैंने देखा कि नरेन्द्र के बायें हाथ की उँगली से ख़ून का फ़व्वारा छूट रहा है तथा वह बिना किसी दर्द के बैठा चित्र बना रहा है। मैं तो देखकर आश्चर्यचकित रह गया। मेरे मालूम करने पर उसने जवाब दिया कि उँगली काटकर देखी कि ख़ून का असली रंग क्या है? अजीब इनसान है। तुम लोग इसे विक्षिप्तता कह सकते हो, मगर इसी विक्षिप्तता के ही कारण तो वह एक दिन अमर कलाकार कहलायेगा।

योगेश बाबू आँख मूँद कर सोचने लगे। जैसे गुरु वैसे चेले, दोनों के दोनों बेवकूफ़ हैं।

नरेन्द्र सोचते-सोचते घर की तरफ़ चला, मार्ग में भीड़-भाड़ थी। कितनी ही गाड़ियाँ चली जा रही थीं, मगर इन बातों की ओर उसका ध्यान नहीं था। उसे क्या फ़िक्र थी? सम्भवत: इसका भी उसे मालूम न था।

वह कुछ समय के अन्दर ही बहुत बड़ा चित्रकार हो गया, बहुत कम समय में ही वह इतना मशहूर तथा सर्वप्रिय हो गया था कि उसके ईर्ष्यालु मित्रों को अच्छा न लगा। इन्हीं ईर्ष्यालु मित्रों में योगेश बाबू भी थे। नरेन्द्र में एक ख़ास योग्यता और उसकी तूलिका में एक असाधारण शक्ति है। योगेश बाबू इसे दिल-ही-दिल में खूब समझते थे, लेकिन ऊपर से उसे मानने के प्रति तैयार न थे।

इस थोड़े वक़्त में ही उसका इतनी प्रसिद्धि हासिल करने का एक ख़ास कारण भी था। वह यह कि नरेन्द्र जिस चित्र को भी बनाता था अपनी सारी क़ाबिलियत उसमें लगा देता था उसकी नज़र सिर्फ़ चित्र पर रहती थी, पैसे की ओर भूलकर भी उसका ध्यान नहीं जाता था। उसके मन की महत्त्वाकांक्षा थी कि चित्र बहुत ही सुंदर हो। उसमें अपने ढंग की ख़ास विलक्षणता हो। मूल्य चाहे कम मिले या अधिक। वह अपने विचार और भावनाओं की मधुर रूप-रेखायें अपने चित्र में देखता था। जिस वक़्त चित्र चित्रित करने बैठता तो चारों तरफ़ फैली हुई असीम प्रकृति और उसकी सारी रूप-रेखायें हृदय-पट से गुम्फित कर देता। इतना ही नहीं, वह अपने वजूद से भी विस्मृत हो जाता। वह उस वक़्त पागलों की भाँति दिखाई पड़ता और अपने प्राण तक न्योछावर कर देने से भी उस वक़्त सम्भवत: उसको कोई हिचक न होती। यह हालत उस वक़्त की एकाग्रता की होती। हक़ीक़त में इसी कारण उसे यह सम्मान प्राप्त हुआ। उसके स्वभाव में सादगी थी, वह तो बात सादगी से कहता, लोग उसे अभिमान तथा प्रदर्शनी से लदी हुई समझते। उसके सामने कोई कुछ न कहता मगर पीठ-पीछे लोग उसकी बुराई करने से न चूकते, सब-के-सब नरेन्द्र को समझाहीन-सा पाते, वह किसी बात को कान लगाकर न सुनता, कोई पूछता कुछ तथा जवाब देता कुछ और ही। वह हमेशा ऐसा मालूम होता जैसे अभी-अभी स्वप्न देख रहा था और किसी ने सहसा उसे जगा दिया हो, उसने विवाह किया और एक लड़का भी उत्पन्न हुआ, पत्नी बहुत सुंदर थी, मगर नरेन्द्र को गृहस्थी जीवन में किसी तरह का आकर्षण न था, तब भी उसका हृदय प्रेम का विशाल सागर था, वह हर समय इसी धुन में रहता था कि चित्रकला में प्रसिद्धि हासिल करे। यही कारण था कि

लोग उसे पागल समझते थे। किसी हल्की चीज़ को यदि पानी में ज़बरदस्ती डुबो दो तो वह किसी तरह भी न डूबेगी, वरन् ऊपर तैरती रहेगी। ठीक यही दशा उन लोगों की होती है जो अपनी धुन के पक्के होते हैं। वे दुनियादारी के दुःख-सुख में किसी तरह डूबना नहीं जानते। उनका मन हर वक्त काम की पूर्ति में लगा रहता है। नरेन्द्र सोचते-सोचते अपने घर के मकान के सामने आ खड़ा हुआ। उसने देखा कि दरवाज़े के पास उसका चार वर्ष का बच्चा मुँह में उँगली डाले किसी गहरी चिन्ता में खड़ा है। पिता को देखते ही बच्चा दौड़ता हुआ आया तथा दोनों हाथों से नरेन्द्र को पकड़कर बोला–"बाबू जी!"

"क्या बात है बेटे?"

बच्चे ने पिता का हाथ पकड़ लिया तथा खींचते हुए कहा–"बाबू जी, देखो हमने एक मेंढक मारा है जो लँगड़ा हो गया है...।"

नरेन्द्र ने कहा–"वह घर नहीं जा सकता, लंगड़ा हो गया है, कैसे जाएगा? चलो उसे गोद में उठाकर उसके घर पहुँचा दो।"

नरेन्द्र ने बच्चे को गोद में उठा लिया तथा हँसते-हँसते घर में ले गया।

एक दिन नरेन्द्र को याद आया कि इस बार की प्रदर्शनी में जैसे भी हो अपना एक चित्र भेजना चाहिए। कक्ष की दीवार पर उसके हाथ के कितने ही चित्र लगे हुए थे। कहीं प्राकृतिक मन्दिर, कहीं मानव के शरीर की रूप-रेखा, कहीं सोने की तरह सरसों के खेत की हरियाली, जंगली मनमोहक दृश्यावली तथा कहीं वे रास्ते जो छाया वाले वृक्षों के नीचे से टेढ़े-तिरछे होकर नदी के पास जा मिलते थे। धुएँ की तरह गगनचुम्बी पहाड़ों की पंक्ति, जो तेज़ धूप में खुद झुलसी जा रही थीं और सैकड़ों पथिक धूप से बेचैन होकर छायादार वृक्षों के समूह में शरणार्थी थे, ऐसे कितने ही दृश्य थे। दूसरी तरफ़ अनेकों पक्षियों के चित्र थे। उन सबके मनोभाव उनके मुखों से प्रकट हो रहे थे। कोई क्रोध से भरा हुआ, कोई मुसीबत की हालत में, तो कोई प्रसन्न मुद्रा स्थिति में।

कमरे के उत्तरीय भाग में खिड़की के सामने एक अपूर्ण चित्र लगा हुआ था, उसमें ताड़ के वृक्षों के समूह के समीप सदा मौन रहने वाली छाया के आश्रय में एक सुंदर नवयुवती नदी के नीलवर्ण जल में स्थिर बिजली-सी शान्त खड़ी थी। उसके होठों और मुख की रेखाओं में चित्रकार ने मन की पीड़ा अंकित की थी।

ऐसा मालूम होता था मानो चित्र बोलना चाहता है, मगर यौवन अभी उसके बदन में पूरी तरह प्रस्फुटित नहीं हुआ है।

इन सब चित्रों में चित्रकार के इतने दिनों की आशा तथा निराशा मिली-जुली थी, मगर आज उन चित्रों की रेखाओं और रंगों ने उसे अपनी ओर आकर्षित न किया। उसके मन में बार-बार यही विचार आने लगे कि इतने दिनों उसने केवल बच्चों का खेल लिया है। सिर्फ़ कागज के टुकड़ों पर रंग पोता है। इतने दिनों से उसने जो कुछ रेखाएँ कागज पर खींची थीं, वे सब उसके मन को अपनी ओर आकर्षित न कर सकीं, क्योंकि उसके विचार पहले की अपेक्षा बहुत उच्च थे। उच्च ही नहीं बल्कि बहुत ऊँचे होकर चील की भाँति आसमान में मँडराना चाहते थे। यदि वर्षा ऋतु का सुहावना दिन हो तो क्या कोई ताकत उसे रोक सकती थी? वह उस समय जोश में आकर उड़ने की उत्सुकता में असीमित दिशाओं में उड़ जाता। फिर एक बार भी पलटकर नहीं देखता। अपनी पहली हालत पर किसी तरह भी वह सहमत नहीं था। नरेन्द्र के मन में रह-रहकर यही विचार आने लगा। भावना और लालसा की झड़ी-सी लग गयी।

उसने निश्चय कर लिया कि इस बार ऐसा चित्र बनाएगा जिससे उसका नाम अमर हो जाये। वह वास्तविकता को सबके मन में बैठा देना चाहता था कि उसकी अनुभूति बचपन की अनुभूति नहीं है।

मेज पर सिर रखकर नरेन्द्र विचारों का ताना-बाना बुनने लगा। वह क्या बनायेगा? किस विषय पर बनायेगा? मन पर आघात होने से साधारण असर पड़ता है। भावनाओं के कितने ही पूर्ण और अपूर्ण चित्र उसकी निगाहों के सामने से सिनेमा-चित्र की तरह चले गये, लेकिन किसी ने भी दम भर के प्रति उसके ध्यान को अपनी ओर आकर्षित न किया। सोचते-सोचते शाम के अँधियारे में शंख की मधुर ध्वनि ने उसको मस्त कर देने वाला गाना सुनाया। इस स्वर-लहरी से नरेन्द्र चौंककर उठ खड़ा हुआ। पश्चात् उसी अंधकार में वह चिन्तन-मुद्रा में कमरे के अन्दर पागलों की तरह टहलने लगा, लेकिन सब बेकार! महान प्रयत्न करने के बाद भी कोई विचार न सूझा।

रात बहुत जा चुकी थी। अमावस्या की अँधेरी में आसमान परलोक की भाँति धुँधला प्रतीत होता था। नरेन्द्र कुछ खोया-खोया-सा पागलों की भाँति उसी तरफ़ ताकता रहा।

बाहर से रसोइये ने द्वार खटखटाकर कहा—"बाबू जी!"

चौंककर नरेन्द्र ने पूछा—"कौन है?"

"बाबू जी भोजन तैयार है, चलिये।"

झुँझलाते हुए नरेन्द्र ने कटु स्वर में कहा–"मुझे परेशान न करो। जाओ, मैं इस वक़्त न खाऊँगा।"

"कुछ थोड़ा-सा।"

"मैं कहता हूँ बिलकुल नहीं।" और निराश हृदय रसोइया भारी कदमों से वापस लौट गया तथा नरेन्द्र ने अपने को चिन्तन-सागर में डुबो दिया। संसार में जिसको प्रसिद्धि हासिल करने की लगन लग गयी हो, फिर उसको चैन कहाँ।

पूरा एक सप्ताह बीत गया। इस सप्ताह में नरेन्द्र ने अपने घर से बाहर कदम न निकाला। घर में बैठा सोचता रहता था किसी-न-किसी मन्त्र से तो पूजा की देवी अपनी कला दिखाएगी ही।

इससे पूर्व किसी चित्र के प्रति उसे विचार-प्राप्ति में देर न लगती थी, लेकिन इस बार किसी प्रकार भी उसे कोई बात न सूझी। ज्यों-ज्यों दिन व्यतीत होते जाते थे वह निराश होता जाता था। सिर्फ यही क्यों? कई बार तो उसने क्रोध में आकर सिर के बाल नोंच लिये। वह अपने आपको गालियाँ देता, पृथ्वी पर पेट के बल पड़कर बच्चों की भाँति रोया भी लेकिन सब बेकार।

प्रात:काल नरेन्द्र मौन बैठा था कि मनमोहन बाबू के द्वारपाल ने आकर उसे एक पत्र दिया। उसने उसे खोलकर देखा। प्रोफ़ेसर साहब ने उसमें लिखा था–

"प्रिय नरेन्द्र,

प्रदर्शनी होने में अब ज्यादा दिन बाकी नहीं हैं। एक सप्ताह के भीतर अगर चित्र न आया तो ठीक नहीं। लिखना, तुम्हारी क्या तरक्की हुई है तथा तुम्हारा चित्र कितना बन गया है?

योगेश बाबू ने चित्र-चित्रित कर दिया है। मैंने देखा है, लेकिन मुझे तुमसे और भी अच्छे चित्र की उम्मीद है। तुमसे ज्यादा प्रिय मुझे और कोई नहीं। आशीर्वाद देता हूँ, तुम अपने गुरु की प्रतिष्ठा रख सकोगे।

इसका ध्यान रखना। इस प्रदर्शनी में अगर तुम्हारा चित्र अच्छा रहा तो तुम्हारी ख़याति में कोई बाधा न रहेगी। तुम्हारी मेहनत सफल हो, यही मेरी प्रार्थना है।

—मनमोहन

पत्र पढ़कर नरेन्द्र और भी बेचैन हुआ। सिर्फ़ एक सप्ताह बाकी है और अभी तक उसके दिमाग़ में चित्र के विषय में कोई विचार ही नहीं आया। खेद है अब वह क्या करेगा!

उसे अपने आत्मबल पर बहुत विश्वास था, पर इस वक़्त वह यक़ीन भी जाता रहा। क्या इसी तुच्छ बल पर वह दस आदमियों में सिर उठाए फिरता रहा है?

उसने सोचा था, अमर कलाकार बन जाऊँगा, लेकिन वाह री मेरी बुरी किस्मत! अपनी अयोग्यता पर नरेन्द्र की आँखों में आँसू भर आये।

रोगी की रात जैसे आँखों में निकल जाती है उसकी वह रात वैसे ही ख़त्म हुई। नरेन्द्र को इसका तनिक भी मालूम न हुआ। उधर वह कई दिनों से चित्रशाला ही में सोया था। नरेन्द्र के मुख पर जागरण के चिह्न थे। उसकी पत्नी दौड़ी-दौड़ी आई तथा शीघ्रता से उसका हाथ पकड़कर बोली–“अजी बच्चे को क्या हो गया है, जरा आकर देखो।”

नरेन्द्र ने पूछा–“क्या हुआ?”

पत्नी लीला हाँफते हुए बोली–“शायद हैजा! इस तरह खड़े न रहो, बच्चा बिलकुल बेहोश पड़ा है।”

बहुत ही अनमने दिल से नरेन्द्र शयनकक्ष में घुसा।

बच्चा बिस्तर पर पड़ा था। पलंग के चारों तरफ़ उस भयानक रोब के चिन्ह दृष्टिगोचर हो रहे थे। लाल रंग दो घड़ी में ही पीला हो गया था। एकदम देखने से यही ज्ञात होता था जैसे बच्चा ज़िन्दा नहीं है। सिर्फ़ उसके वक्ष के समीप कोई वस्तु धक-धक कर रही थी, और इस क्रिया से ही ज़िन्दगी के कुछ चिह्न दृष्टिगोचर होते थे।

वह बच्चे के सिरहाने सिर झुकाकर खड़ा हो गया।

लीला ने कहा–“इस प्रकार खड़े न रहो। जाओ, डॉक्टर को बुला लाओ।”

माँ की आवाज़ सुनकर बच्चे ने आँखें मलीं। भर्रई हुई आवाज़ में बोला–“माँ! ओ माँ!!”

“मेरे लाल! मेरी पूँजी। क्या कह रहा है?” कहते-कहते लीला ने दोनों हाथों से बच्चे को अपनी गोद से उठा लिया। माँ के गोद में सिर रखकर बच्चा फिर पड़ा रहा।

नरेन्द्र के नेत्र सजल हो गए। वह बच्चे की तरफ़ देखता रहा।

लीला ने देखते हुए प्रश्नवाचक स्वर में कहा–"अभी तक डॉक्टर को बुलाने नहीं गये तुम?"

नरेन्द्र ने दबे स्वर में कहा–"ऐं...डॉक्टर?"

पति की आवाज़ का अस्वाभाविक स्वर सुनकर लीला ने हैरत से कहा–"क्या?"

"कुछ नहीं।"

"जाओ, डॉक्टर को बुला लाओ।"

"अभी जाता हूँ।"

नरेन्द्र मकान से बाहर निकला।

कमरे का द्वार बन्द हुआ। लीला ने आश्चर्यचकित होकर सुना कि उसके पति ने बाहर से दरवाज़े की जंजीर खींच ली और वह सोचती रही–"यह क्या?"

नरेन्द्र चित्रशाला में प्रविष्ट होकर एक कुर्सी पर बैठ गया।

दोनों हाथों से मुँह ढाँपकर वह सोचने लगा। उसकी हालत देखकर ऐसा लगता था कि वह किसी तीव्र आत्मिक पीड़ा से पीड़ित है। चारों ओर गहरे सूनेपन का राज्य था। सिर्फ़ दीवार पर लगी हुई घड़ी कभी न थकने वाली गति से टिक-टिक कर रही थी और नरेन्द्र के सीने के अन्दर उसका मन मानो उत्तर देता हुआ कह रहा था–धक धक सम्भवत: उसके भयंकर संकल्पों से परिचित होकर घड़ी और उसका मन परस्पर कानाफूसी कर रहे थे। सहसा नरेन्द्र उठ खड़ा हुआ। संज्ञाहीन हालत में कहने लगा–"क्या करूँ? ऐसा आदर्श फिर न मिलेगा, लेकिन...वह तो मेरा पुत्र है।"

वह कहते-कहते रुक गया। मौन होकर सोचने लगा। अचानक घर के अन्दर से सनसनाते हुए बाण की तरह 'हाय' की हृदयबेधक आवाज़ उसके कानों में पहुँची।

"मेरे लाल! तू कहाँ गया?"

जिस तरह चिल्ला टूट जाने से कमान सीधी हो जाती है, फ़िक्र और बेचैनी से नरेन्द्र ठीक उसी प्रकार सीधा खड़ा हो गया। उसके मुख पर लाली का चिह्न तक न था, फिर कान लगाकर उसने आवाज़ सुनी, वह समझ गया कि बच्चा चल बसा। मन-ही-मन बोला–"ईश्वर! तुम ही गवाह हो, मेरी कोई गलती नहीं।"

इसके पश्चात् वह अपने सिर के बालों को मुट्ठी में लेकर सोचने लगा। जैसे कुछ समय पश्चात् ही मनुष्य निद्रा से चौंककर उठता है उसी तरह चौंककर जल्दी-जल्दी मेज़ पर से कागज, तूलिका तथा रंग आदि लेकर वह कमरे से बाहर निकल आया। शयनकक्ष के सामने एक खिड़की के क़रीब आकर वह अचकचाकर खड़ा हो गया। कुछ सुनाई देता है क्या? नहीं सब शान्त हैं। उस खिड़की से कमरे का आन्तरिक भाग दिखाई पड़ रहा था। झाँककर आशंका में थर-थर काँपते हुए उसने देखा तो उसके सारे बदन में काँटे-से-चुभ गये। बिस्तर उलट-पुलट हो रहा था। पुत्र से खाली गोद किए माँ वहीं पड़ी तड़पती रही थी।

और इसके अलावा...माँ कमरे में पृथ्वी पर लोटते हुए, बच्चे के मृत जिस्म को दोनों हाथों से वक्षस्थल के साथ चिपकाए, बाल बिखेरे, नेत्र विस्फारित किए, बच्चे के निर्जीव होंठों को बार-बार चूम रही थी।

नरेन्द्र की दोनों आँखों में जैसे किसी ने दो सलाखें घुसा दी हों, उसने होंठ चबाकर कठिनता से खुद को सँभाला और इसके साथ ही कागज पर पहली रेखा खींची। उसके सामने कमरे के अन्दर वही भयानक दृश्य उपस्थित था। संभवत: दुनिया के किसी अन्य चित्रकार ने ऐसा दृश्य सम्मुख रखकर तूलिका न उठाई होगी।

देखने में नरेन्द्र के शरीर में कोई गति न थी, लेकिन उसके मन में कितनी तड़प थी? उसे कौन समझ सकता है, वह तो पिता था।

नरेन्द्र जल्दी-जल्दी चित्र बनाने लगा। ज़िन्दगी भर चित्र बनाने में इतनी जल्दी उसने कभी न की। उसकी उँगलियाँ किसी अज्ञात शक्ति से अपूर्व ताकत हासिल कर चुकी थीं। रूपरेखा बनाते हुए उसने सुना–"बेटा, ओ बेटा! बातें करो, ज़रा एक बार तुम देख तो लो?"

नरेन्द्र ने अस्फुट स्वर में कहा–"उफ़! यह असहनीय है।" और उसके हाथ से तूलिका छूटकर धरती पर गिर पड़ी।

किन्तु उसी वक़्त तूलिका उठाकर वह पुन: चित्र बनाने लगा। रह-रहकर लीला का कन्दन-रुदन कानों में पहुँचकर मन को छेड़ता और रक्त की गति को धीमा करता और उसके होंठ स्थिर होकर उसकी तूलिका की गति को रोक देते।

इसी तरह पल-पर-पल बीतने लगे।

मुख्य दरवाज़े के अन्दर आने के लिए नौकरों ने शोर मचाना शुरू कर दिया था लेकिन नरेन्द्र मानो इस वक़्त विश्व और विश्वव्यापी शोरगुल से बहरा हो चुका था।

वह कुछ भी न सुन सका। इस वक़्त वह एक बार कमरे की ओर देखता और एक बार चित्र की तरफ़, बस रंग में तूलिका डुबोता और फिर कागज पर चला देता।

वह पिता था, लेकिन कमरे के अन्दर पत्नी के मन से लिपटे हुए मरे बच्चे की याद भी वह धीरे-धीरे भूलता जा रहा था।

एकदम लीला ने उसे देख लिया। दौड़ती हुई खिड़की के पास आकर दुखित स्वर में बोली—"क्या डॉक्टर को बुलाया? ज़रा एक बार आकर देख तो लेते कि मेरा बच्चा ज़िन्दा है या नहीं...यह क्या? चित्र बना रहे हो?"

चौंककर नरेन्द्र ने लीला की ओर देखा। वह लड़खड़ाकर गिर रही थी।

बाहर से द्वार खटखटाने तथा बार-बार चिल्लाने पर भी जब कपाट न खुले, तो रसोइया तथा नौकर दोनों डर गये। वे अपना काम ख़त्म करके प्रायः संध्या समय घर चले जाते थे और प्रातःकाल कार्य करने आ जाते थे। रोज़ाना लीला-नरेन्द्र दोनों में से कोई-न-कोई द्वार खोल देता था, आज चिल्लाने और खटखटाने पर भी द्वार न खुला। इधर रह-रहकर लीला की रोने की आवाज़ भी कानों में आ रही थी।

उन लोगों ने मुहल्ले के कुछ व्यक्तियों को बुलाया। अन्त में सबने सलाह करके द्वार तोड़ डाला।

सब आश्चर्यचकित होकर घर में घुसे। जीने से चढ़कर देखा कि दीवार का सहारा लिये, दोनों हाथ जंघाओं पर रखे नरेन्द्र सिर झुकाये हुए बैठा है।

उनके पाँव की आहट से नरेन्द्र ने चौंककर मुँह उठाया। उसकी आँखें खून की भाँति लाल थीं। थोड़ी देर बाद वह ठहाका मारकर हँसने लगा और सामने लगे चित्र की तरफ़ उँगली दिखाकर बोल उठा—"डॉक्टर! डॉक्टर!! मैं अमर हो गया।"

दिन बीतते गये, प्रदर्शनी आरम्भ हो गयी।

प्रदर्शनी में देखने की कितनी ही चीज़ें थीं, लेकिन दर्शक एक ही चित्र पर झुक पड़ते थे। चित्र छोटा था और अधूरा भी, उसका नाम था 'अंतिम प्यार।'

चित्र में चित्रित किया हुआ था, एक माँ बच्चे का मृत शरीर हृदय से लगाये अपने दिल के टुकड़े के चन्दा-से मुँह को बार-बार चूम रही है।

शोक और परेशानी में डूबी हुई माँ के मुख, नेत्र और शरीर में चित्रकार की तूलिका ने एक ऐसा सूक्ष्म तथा दर्दनाक चित्र-चित्रित किया कि जो देखता उसी की आँखों से आँसू निकल पड़ते। चित्र की रेखाओं में इतनी अधिक सूक्ष्मता से दर्द भरा जा सकता है, यह बात इससे पहले किसी के ध्यान में न आई थी।

इस दर्शक-समूह में कितने ही चित्रकार थे। उनमें से एक ने कहा—"देखिए योगेश बाबू आप क्या कहते हैं?"

योगेश बाबू उस वक़्त मौन ग्रहण किए चित्र की तरफ़ देख रहे थे, सहसा सवाल सुनकर एक आँख बन्द करके बोले—"अगर मुझे पहले मालूम होता तो मैं नरेन्द्र को अपना उस्ताद बनाता।"

दर्शकों ने धन्यवाद, साधुवाद तथा वाह-वाह की झड़ी लगा दी, लेकिन किसी को भी मालूम न हुआ कि उस सज्जन आदमी की कीमत क्या है, जिसने इस चित्र को बनाया है। किस तरह चित्रकार ने ख़ुद को धूलि में मिलाकर ख़ून से इस चित्र को रंगा है, उसकी यह स्थिति किसी को भी मालूम न हो सकी थी।

***

पोस्टमास्टर

कार्य के शुरुआती दौर में ही पोस्टमास्टर को उलापुर गाँव आना पड़ा था। आम गाँव था। एक नील-कोठी पास ही थी। इसीलिए कोठी के मालिक ने बड़ी कोशिश-सिफारिशें करके यह नया पोस्ट-ऑफिस खुलवाया था।

गाँव के पोस्टमास्टर कलकत्ता के थे। जल से निकलकर सूखे में डाल देने से मछली की जो हालत होती है वैसी हालत इस बड़े गाँव में आकर इन पोस्टमास्टर साहब की हुई। एक अँधेरी आठचला (बड़ा घर) में उनका ऑफिस था, क़रीब ही काई से घिरा एक तालाब था, जिसके चारों तरफ़ जंगल था। कोठी में गुमाश्ते वगैरह जितने भी कर्मचारी थे उन्हें प्राय: फुर्सत नहीं रहती थी, न वे शिष्टजनों से मिलने के बराबर ही थे।

ख़ासतौर पर कलकत्ता के लड़के ठीक से मिलना-जुलना नहीं जानते। नई जगह में पहुँचकर वे या तो (बड़ा घर) अक्खड़ हो जाते हैं या फिर सुस्त तथा लजीले। इसलिए स्थानीय व्यक्तियों से उनका मेल-जोल नहीं हो पाता। इधर काम भी ज़्यादा नहीं था। कभी-कभी एक-दो कविता लिखने की कोशिश करते। उनमें इस तरह के भाव व्यक्त करते जैसे दिन-भर पेड़-पौधों का कम्पन तथा आकाश के बादल देखते-देखते बड़े सुख से बीत रहा हो। मगर अंतर्यामी जानते हैं कि यदि अलिफ़ लैला का कोई दैत्य आकार एक ही रात में इन डाली-कोंपलों के साथ इन सारे पेड़-पौधों को काटकर पक्का रास्ता तैयार कर देता तथा पंक्तिबद्ध बड़ी-बड़ी इमारतों के द्वारा बादलों की दृष्टि से ओझल कर देता तो इस अधमरे भले व्यक्ति के लड़के को नया जीवन मिल जाता है।

पोस्टमास्टर की बहुत कम तनख्वाह होती है। अपने हाथों बनाकर खाना पड़ता तथा गाँव की एक मातृ-पितृ हीन अनाथ बालिका उनका काम कर देती थी। उसको

थोड़ा-बहुत खाना मिल जाता! उस लड़की का नाम रतन था। उम्र बारह-तेरह वर्ष। उसके विवाह की कोई विशेष आशा नहीं दिखाई देती थी।

शाम को जब गाँव की गोशाला में कुंडलाकार धुआँ उठता, झाड़ियों में झींगुर बोलते, दूर के गाँव में पियक्कड़ बाउलों का दल ढोल-करताल बजाकर ऊँची आवाज़ में गीत छेड़ देता—जब अन्दर बरामदे में अकेले बैठे-बैठे वृक्षों का कम्पन देखकर कवि मन में भी धड़कन होने लगती थी, तब कक्ष के कोने में एक टिमटिमाता हुआ दीया जलाकर पोस्टमास्टर आवाज़ लगाते—"रतन!"

द्वार पर बैठी रतन इस आवाज़ का इंतज़ार करती रहती। मगर पहली आवाज़ पर ही भीतर न आती। वहीं से कहती, "क्या है बाबू किसलिए बुला रहे हो?"

पोस्टमास्टर—"तू क्या कर रही है?"

रतन—"बस चूल्हा जलाने ही जा रही थी, रसोईघर में।"

पोस्टमास्टर—"तेरा रसोई का कार्य पीछे हो जाएगा। पहले हुक्का भर ला।"

थोड़ी देर में अपने गाल फुलाए चिलम में फूँक मारती-मारती रतन अन्दर आती। उसके हाथ से हुक्का लेकर पोस्टमास्टर झट से पूछ बैठते—"अच्छा रतन, तुझे अपनी माँ की याद है क्या?"

बड़ी लम्बी कहानी है, बहुत-सी याद हैं, बहुत-सी बात याद भी नहीं। माँ की बनिस्बत पिता उसको ज्यादा प्यार करते थे। पिता की उसे थोड़ी-थोड़ी याद है। उसके पिता दिन भर मेहनत करके शाम को घर वापस लौटते थे। किस्मत से उन्हीं में से दो-एक शामों की याद उसके दिल में चित्र के समान अंकित है। यही बात करते-करते धीरे-धीरे रतन पोस्टमास्टर के पास ही ज़मीन पर बैठ जाती। फिर उसे ख़याल आता, उसका एक भाई था। कुछ दिन पहले बरसात में एक दिन एक तालाब के किनारे दोनों ने मिलकर पेड़ की टूटी हुई टहनी की बंसी बनाकर झूठ-मूठ मछली पकड़ने का खेल खेला था। अन्य महत्त्वपूर्ण घटनाओं की अपेक्षा इसी बात की याद उसे ज्यादा आती। इस तरह बातें करते-करते कभी-कभी काफ़ी रात हो जाती थी। तब आलस के मारे पोस्टमास्टर को खाना बनाने की इच्छा न होती। सवेरे की बासी तरकारी रहती तथा रतन झटपट चूल्हा जलाकर कुछ रोटियाँ सेंक लेती। उन्हीं से दोनों के रात के खाने का काम चल जाता था। कभी-कभी शाम को उस अठपहलू झोंपड़ी के एक कोने में ऑफिस की काठ की कुर्सी पर बैठे-बैठे पोस्टमास्टर भी अपने घर की बात

छेड़ देते थे–छोटे भाई की बात, माँ तथा दीदी की बात, प्रवास में एकांत कमरे में बैठकर जिन लोगों के लिए मन कातर हो उठता उनकी बात। जो बातें उनके दिल में बार-बार उदय होती रहतीं, पर जो नील-कोठी के गुमाश्तों के सामने किसी भी प्रकार नहीं उठाई जा सकती थीं, उन्हीं बातों को उस अनपढ़ नन्ही बालिका से कहते उन्हें बिलकुल हिचक न लगती थी। अंत में ऐसा हुआ कि बालिका बातचीत करते वक्त उनके घरवालों को चिरपरिचितों के समान खुद भी माँ, दादा, दीदी कहने लगी थी। यहाँ तक कि अपने नन्हें-से मन पट पर उसने उनकी काल्पनिक मूर्ति भी बना ली थी।

एक दिन बरसात की दोपहर में बादल छँट गए थे तथा हल्का-सा ताप लिए अच्छी हवा चल रही थी। धूप में नहाई घास से तथा पेड़-पौधों से एक तरह की खुशबू निकल रही थी, ऐसा लगता था मानो ज़मीन का उष्ण नि:श्वास अंगों को छू रहा हो और न जाने कहाँ का एक जिद्दी पक्षी दोपहरभर प्रकृति के दरबार में लगातार एक लय से अत्यन्त दयनीय स्वर में अपनी शिकायतें दुहरा रहा था। उस दिन पोस्टमास्टर के हाथ खाली थे। वर्षा से धुले लहलहाते चिकने नर्म पत्तों का पेड़ तथा धूप में चमकते पराजित वर्षा के उजियाले खंडहर, स्तूपाकार बादल सचमुच देखने काबिल थे।

पोस्टमास्टर उन्हें देखते जाते तथा सोचते जाते कि काश इस समय यदि कोई अपना सगा अपने पास होता, मन के साथ एकांत संलग्न कोई प्यार की प्रतिमा मानव-मूर्ति होती। धीरे-धीरे उन्हें ऐसा लगने लगा मानो वह पक्षी भी बार-बार यही कह रहा हो, और मानो उस निर्जन पेड़ की छाया में डूबी दोपहर के पल्लव-मर्मर का भी ऐसा ही अर्थ हो। न तो कोई यक़ीन कर सकता, न जान पाता, मगर उस छोटे-से गाँव के सामान्य वेतन-भोगी उस सब-पोस्टमास्टर के दिल में छुट्टी के लंबे दिनों में गम्भीर सुनसान दोपहर में इसी तरह के भाव पैदा होते रहते।

पोस्टमास्टर ने एक लम्बी तथा गहरी साँस ली और फिर आवाज़ लगाई–

"रतन!"

रतन उस वक्त अमरूद के पेड़ के नीचे पैर फैलाए कच्चा अमरूद खा रही थी। वह मालिक की आवाज़ सुनते ही फ़ौरन दौड़ी हुई आई और हाँफती-हाँफती बोली–"भैया जी, बुला रहे थे आप?"

पोस्टमास्टर ने कहा—“मैं तुझे थोड़ा-थोड़ा पढ़ना सिखाऊँगा।” तथा फिर दोपहरभर उसके साथ ‘छोटा अ बड़ा आ’ करते रहे। इस प्रकार कुछ दिनों में संयुक्त अक्षर भी पार कर लिया था उसने।

सावन का महीना था। लगातार बारिश हो रही थी। गड्ढे, नाले, तालाब सब पानी से भर गए थे। रात-दिन मेढक की टर्र-टर्र और बारिश की आवाज़। गाँव के रास्तों में चलना-फिरना बंद हो गया था। मेला जाने के लिए नाव में चढ़कर जाना पड़ता। एक दिन सुबह से ही बादल ख़ूब घिरे हुए थे। पोस्टमास्टर की छात्रा बड़ी देर से द्वार के पास बैठी इंतज़ार में थी, मगर और दिनों की तरह जब ठीक वक़्त उसकी बुलाहट न हुई तो वह ख़ुद किताबों का बस्ता लिये धीरे-धीरे अन्दर पहुँची। देखा, पोस्टमास्टर अपनी खटिया पर लेटे हैं। यह सोचकर कि वे आराम कर रहे हैं, वह चुपचाप फिर बाहर जाने लगी। तभी अचानक सुनाई दिया—“रतन!”

झटपट लौटकर अन्दर जाकर उसने कहा—“भैया जी, सो रहे थे क्या?”

पोस्टमास्टर ने कातर स्वर में कहा—“तबियत ठीक नहीं है। जरा माथे पर हाथ रखकर तो देख मेरे?”

घोर वर्षा के वक़्त प्रवास में इस प्रकार बिलकुल अकेले रहने पर रोग से पीड़ित शरीर को कुछ सेवा-पानी की इच्छा होती है। तपते हुए माथे पर शंख की चूड़ियाँ पहने नाजुक हाथ याद आने लगते हैं। ऐसे मुश्किल परदेश में रोग की पीड़ा में यही सोचने की इच्छा होती है कि पास ही स्नेहमयी नारी के रूप में माता या दीदी बैठी हैं। परदेशी के दिल की यह अभिलाषा बेकार नहीं गयी। बालिका रतन बालिका न रही। उसने माता का पद ग्रहण कर लिया। वह जाकर वैद्य को बुला लाई, ठीक वक़्त पर गोली खिलाई, सारी रात सिरहाने बैठी रही, अपने हाथों पथ्य तैयार किया तथा सैकड़ो बार पूछती रही—“भैया जी, कुछ आराम है क्या?”

बहुत दिनों बाद पोस्टमास्टर जब रोग-शय्या छोड़कर उठे तो उनका जिस्म कमज़ोर हो गया था। उन्होंने दिल में तय किया, अब और नहीं जैसे भी हो अब यहाँ से तबादला कराना ही चाहिए। अपनी अस्वस्थता का उल्लेख करते हुए उन्होंने उसी वक़्त अधिकारियों के पास बदली के लिए कलकत्ता दरख़्वास्त भेज दी।

रोगी की सेवा से छुट्टी पाकर रतन ने द्वार के बाहर फिर अपने स्थान पर कब्जा जमा लिया। मगर अब पहले की तरह उसकी बुलाहट नहीं होती थी। वह बीच-बीच में झाँककर देखती–पोस्टमास्टर बड़े ही अनमने भाव से या तो कुर्सी पर बैठे रहते

अथवा खाट पर लेटे रहते। जिस वक़्त इधर रतन की प्रतीक्षा रहती, वे अधीर होकर अपनी दरख़्वास्त के उत्तर का इंतज़ार करते रहते। द्वार के बाहर बैठी रतन ने हज़ारों बार अपना पुराना पाठ दुहराया। बाद में अगर किसी दिन सहसा उसकी बुलाहट हुई तो उस दिन कहीं उसका संयुक्त अक्षरों का ज्ञान गड़बड़ न हो जाए इस बात की उसे आशंका थी। आख़िर लगभग एक सप्ताह के बाद एक दिन शाम को उसकी पुकार हुई। काँपते मन से उसने अन्दर प्रवेश किया और पूछा—"भैया जी, मुझे बुलाया था?"

पोस्टमास्टर ने कहा—"रतन, मैं कल ही चला जाऊँगा।"

रतन ने कहा—"कहाँ चले जाओगे भैया जी?"

पोस्टमास्टर—"घर चला जाऊँगा।"

रतन—"फिर कब आओगे भैया जी?"

पोस्टमास्टर—"अब कभी नहीं आऊँगा।"

रतन ने और कोई बात नहीं पूछी। पोस्टमास्टर ने खुद ही उसे बताया कि उन्होंने बदली के हेतु दरख़्वास्त दी थी, पर दरख़्वास्त नामंजूर हो गयी इसलिए वे इस्तीफा देकर घर चले जा रहे हैं। काफ़ी देर तक दोनों में और कोई बात नहीं हुई। दीया टिमटिमाता हुआ जलता रहा। तथा घर के जीर्ण छप्पर को भेदकर बारिश का पानी मिट्टी के सकोरे में टप-टप करता टपकता रहा।

रतन बहुत देर के बाद इतने धीरे-धीरे उठकर रसोईघर में रोटियाँ बनाने चली गयी। मगर आज और दिनों की भाँति उसके हाथ जल्दी-जल्दी नहीं चल रहे थे। शायद उसके मन में रह-रहकर तरह-तरह की आशंकाएँ उठ रही थीं। जब पोस्टमास्टर खाना खा चुके तथा उसने पूछा—"भैया जी, मुझे अपने घर ले चलोगे?"

पोस्टमास्टर ने हँसकर कहा—"वाह, यह कैसे हो सकता है।" किन्हीं वजहों से यह बात मुमकिन न थी, बालिका को यह समझाना उन्होंने आवश्यक नहीं समझा। रातभर जागते और ख़्वाब देखते बालिका के कानों में पोस्टमास्टर के हँसी-मिश्रित स्वर गूँजते रहे, वाह, यह कैसे हो सकता है।

सुबह उठकर पोस्टमास्टर ने देखा कि उसके नहाने के हेतु पानी पहले से ही रख दिया गया है। कलकत्ता की अपनी आदत अनुरूप ही वे ताज़े जल से ही नहाया करते थे। न जाने क्यों बालिका यह नहीं पूछ सकी थी कि वे सवेरे किस वक़्त यात्रा करेंगे। बाद में कहीं तड़के ही आवश्यकता न पड़ जाए, यह सोचकर रतन उतनी रात में ही

नदी से उनके नहाने के लिए पानी भरकर ले आई थी। स्नान पूरा होते ही रतन की पुकार हुई। रतन ने चुपचाप अन्दर प्रवेश किया तथा आदेश से इंतज़ार में मौन भाव से एक बार अपने मालिक की तरफ़ देखा।

मालिक ने कहा–"रतन, मेरी जगह जो मानव आएँगे मैं उन्हें कह जाऊँगा। वे मेरी ही भाँति तेरी देखभाल करेंगे। मेरे जाने से तुझे कोई फ़िक्र करने की आवश्यकता नहीं है।" इसमें कोई संदेह नहीं कि ये बातें अत्यन्त स्नेहपूर्ण तथा मन से निकली थीं, किन्तु नारी के हृदय को कौन समझ सकता है! रतन इसके पहले बहुत दिन तक अपने मालिक की डाँट-फटकार चुपचाप सहन कर चुकी थी, मगर इस कोमल बात को वह सहन न कर पाई, उसका नाजुक मन एकाएक उमड़ आया तथा उसने रोते-रोते कहा–"नहीं...नहीं। तुम्हें किसी से कुछ कहने की आवश्यकता नहीं है। मैं रहना नहीं चाहती।"

पोस्टमास्टर ने रतन का ऐसा सुलूक पहले कभी नहीं देखा था, इसलिए वे अवाक् रह गए।

जब नया पोस्टमास्टर आया तो उसको सारी बातें समझा देने के बाद पुराने पोस्टमास्टर चलने को तैयार हुए। चलते-चलते रतन को बुलाकर बोले–"रतन, मैं तुझे कभी कुछ न दे सका, आज जाते वक़्त कुछ दिए जा रहा हूँ, इससे कुछ दिन तेरा कार्य चल जाएगा।"

तनख़्वाह में जो रुपये मिले थे उनमें से राह ख़र्च के प्रति बचा लेने के बाद उन्होंने बाकी रुपये जेब से निकाले। यह देखकर रतन धूल में उनके पैरों से लिपटकर बोली–"भैया जी, मैं तुम्हारे पैरों पड़ती हूँ, मेरे प्रति किसी को कोई फ़िक्र करने की ज़रूरत नहीं।" और यह कहते-कहते सुबकते हुए वह फ़ौरन वहाँ से भाग गयी।

पुराने पोस्टमास्टर गहरी साँस लेकर हाथ में कारपेट का बैग लटकाए, काँधे पर छाता रखे थे, कुली के सिर पर नीली-सफ़ेद धारियों से चित्रित टिन की पेटी रखवाकर धीरे-धीरे बाहर की तरफ़ चल दिए।

जब वे नौका पर सवार हो गए तथा नाव चल पड़ी, वर्षा से उमड़ी नदी धरती छलछलाती धारा के समान चारों तरफ़ छलछल करने लगी, तब वे अपने मन में एक तीव्र वेदना अनुभव करने लगे। एक आम ग्रामीण बालिका के करुण मुख का चित्र मानो विश्व-व्यापी बड़ी तथा अनकही मर्म व्यथा प्रकट करने लगा।

एक बार बड़े ज़ोर से उनकी इच्छा हुई कि लौट जाएँ तथा जगत् की गोद से वंचित उस अनाथिनी को साथ ले आएँ। मगर तब तक पाल में हवा भर चुकी थी, वर्षा का प्रवाह और भी तेज़ हो गया था। गाँव को पार कर चुकने के बाद किनारे श्मशान दिखाई दे रहा था तथा नदी की धारा के साथ बढ़ते हुए मुसाफिर के उदास मन में यह सत्य उदित हो रहा था–"ज़िन्दगी में न जाने कितना वियोग है, कितना मरण है, लौटने से क्या लाभ! दुनिया में कौन किसका है?"

मगर रतन के मन में किसी भी सच का उदय नहीं हुआ। वह उस पोस्टऑफिस के चारों तरफ़ चुपचाप आँसू बहाती चक्कर काटती रही। शायद अभी भी उसके मन में हल्की-सी उम्मीद जीवित थी कि हो सकता है, भैया जी लौट आएँ। उम्मीद के इसी बन्धन से बँधी वह किसी भी तरह दूर नहीं जा सकी थी।

हाय रे बुद्धिहीन मानव हृदय! तेरी भ्रांति किसी भी प्रकार नहीं मिटती। युक्ति शास्त्र का तर्क बड़ी देर बाद दिमाग़ में प्रवेश करता है। प्रबल-से-प्रबल प्रमाण पर भी अविश्वास करके झूठी उम्मीद को भी अपनी बाँहों में जकड़कर तू भरसक छाती से चिपकाए रहता है। अंत में एक दिन सारी नाड़ियाँ काटकर, दिल का सारा ख़ून चूसकर वह निकल भागती है। तब होश आते ही मन किसी दूसरी भ्रांति के जाल में बँध जाने के प्रति बेचैन हो उठता है।

***

गूँगी

जब लड़की का नाम सुभाषिणी रखा गया तब यह कोई नहीं जानता था कि वह गूँगी होगी। इसके पहले, उसकी दो बड़ी बहनों के सुकेशिनी तथा सुहासिनी नाम रखे जा चुके थे, इसी से तुकबन्दी मिलाने के प्रति उसके पिता ने छोटी लड़की का नाम रख दिया सुभाषिणी। अब सिर्फ़ सब उसे 'सुभा' ही कहकर बुलाते हैं।

काफ़ी ख़ोज तथा ख़र्च के बाद दोनों बड़ी लड़कियों के हाथ पीले हो चुके हैं, और अब छोटी लड़की सुभा माता-पिता के मन के नीरव बोझ की तरह घर की शोभा बढ़ा रही है। जो बोल नहीं सकती, वह सब-कुछ महसूस कर सकती है–यह बात सबकी समझ में नहीं आती, तथा इसी से सुभा के सामने ही सब उसके मुस्तकबिल के बारे में तरह-तरह की चिन्ता-फिक्र की बातें किया करते हैं, लेकिन ख़ुद सुभा इस बात को बचपन से ही समझ चुकी है कि उसने विधाता के शाप से वशीभूत होकर ही इस घर में जन्म लिया है। इसका फल यह निकला कि वह हमेशा अपने को सब परिजनों की नज़र से बचाये रखने का प्रयत्न करने लगी। वह मन-ही-मन सोचने लगी कि उसे भूल जाए तो अच्छा है। मगर जहाँ पीड़ा है, उस जगह को क्या कभी कोई भूल सकता है? माता-पिता के मन में वह हर समय पीड़ा की भाँति जीती-जागती बनी रहती है।

विशेषकर उसकी माता उसे अपनी ही किसी गलती के रूप से देखती है, क्योंकि प्रत्येक माता पुत्र की अपेक्षा पुत्री को कहीं अधिक अपने अंश के रूप में देखती है। और पुत्री में किसी प्रकार की कमी होने पर, उसे अपने लिए मानो ख़ास रूप से शर्मनाक बातें समझती हैं। सुभा के पिता वाणीकंठ तो सुभा को अपनी दोनों बड़ी पुत्रियों की बनिस्वत कुछ अधिक ही प्यार करते हैं, पर माता उसे अपने गर्भ का कलंक समझकर उससे नाराज़ ही रहती हैं।

सुभा की बोलने की ज़ुबान नहीं है, पर उसकी लम्बी-लम्बी पलकों में बड़ी-बड़ी काली आँखें ज़रूर हैं, और उसके होंठ तो मन के भाव के ज़रा से संकेत पर नये पल्लव की तरह काँप-काँप उठते हैं।

वाणी द्वारा हम अपने मन के भाव प्रकट करते हैं उसको हमें बहुत कुछ अपनी कोशिशों में गढ़ लेना पड़ता है, बस कुछ अनुवाद करने के जैसा ही समझिए। और वह हर समय ठीक भी नहीं होता, ताकत की कमी से अकसर भूल हो जाती है। लेकिन सुंदर जैसी आँखों को कभी कुछ भी बदलना नहीं पड़ता, मन अपने-आप ही उन पर छाया डालता रहता है, मन के भाव अपने आप ही उस छाया में कभी फैलते होते और कभी सिकुड़ते हैं। कभी-कभी आँखें चमक-दमककर जलने लगती हैं और कभी उदासीनता की कालिमा में बुझ-सी जाती हैं, कभी डूबते हुए चन्द्रमा की तरह टकटकी लगाए न जाने क्या-क्या देखती रहती हैं तो कभी चंचल दामिनी की तरह, ऊपर-नीचे, इधर-उधर चारों ओर बड़ी तेज़ी से छिटकने लगती हैं। और विशेषकर मुँह के भाव के सिवा जिसके पास जन्म से ही कोई भाषा नहीं, उसकी आँखों की भाषा तो बहुत उदार और असीमित गहरी होती ही है, क़रीब-क़रीब साफ-सुथरे नील-गगन के जैसी उन आँखों को उदय से अस्त तक, सुबह से शाम तथा शाम से सुबह तक छवि-लोक की निस्तब्ध रंगभूमि ही मानना चाहिए। जिह्वाहीन इस कन्या में विशाल प्रकृति के समान एक जनहीन महानता है, तथा यही वजह है कि आम लड़के-लड़कियों को उसकी तरफ़ से किसी न किसी प्रकार का भय सा बना रहता, उसके साथ कोई खेलता नहीं। वह नीरव दुपहरिया के समान शब्दहीन तथा संगहीन एकान्तवासी बनी रहती।

गाँव का नाम है चंडीपुर। उसके समीप बहने वाली सरिता बंगाल की एक छोटी-सी नदी है, गृहस्थ के मकान की बिलकुल छोटी लड़की के जैसी बहुत दूर तक उसका फैलाव नहीं है, उसको ज़रा भी आलस्य नहीं, वह अपना इकहरा शरीर लिये हुए अपने दोनों छोरों की रक्षा करती हुई अपना काम करती जाती है। दोनों छोरों के ग्रामवासियों के साथ मानो उसका एक-न-एक सम्बन्ध जुड़ गया है। दोनों तरफ़ गाँव हैं, और वृक्षों के छायादार ऊँचे किनारे हैं, जिनके नीचे से गाँव की लक्ष्मी सरिता अपने-आपको भूलकर तेज़ी के साथ डग बढ़ाती हुई बहुत ही प्रसन्नचित्त असंख्य शुभ कामों के लिए चली जाती है।

वाणीकंठ का अपना घर नदी के बिलकुल एक छोर पर है। उसका खपच्चियों का बेड़ा, ऊँचा छप्पर, गाय-घर, भुस का ढेर, आम, कटहल तथा केलों का बगीचा

प्रत्येक नाविक की नज़र अपनी तरफ़ आकर्षित करता है। ऐसे घर में, आसानी से चलने वाली ऐसी सुख की गृहस्थी में, उस गूँगी लड़की पर किसी की दृष्टि पड़ती है अथवा नहीं, मालूम नहीं। पर काम-धन्धे से ज्यों ही उसे ज़रा फुरसत मिलती, त्यों ही झट से वह उस नदी के किनारे पर बैठती।

प्रकृति अपने पार्श्व में बैठाकर उसकी सारी कमी को पूरा कर देती है। नदी के ध्वनि स्वर, मनुष्य का शोर, नाविकों का सुमधुर गान, चिड़ियों का चहचहाना, पेड़-पौधों की मर्मर ध्वनि, सब मिलकर चारों ओर के गमनागमन आन्दोलन और कम्पन के साथ होकर सागर की उत्ताल तरंगों के समान उस बालिका के चिर-स्तब्ध मन उपकूल के पार्क में आकर मानो टूट-फूट पड़ती हैं। प्रकृति के ये अद्भुत शब्द तथा अनोखे गीत—यह भी तो गूँगी की ही भाषा है, बड़ी-बड़ी आँखों और उसमें भी बड़ी पलकों वाली सुभाषिणी की जो भाषा है, उसी का मानो वह विश्वव्यापी फैलाव है। जिसके अन्दर झींगुरों की झिन-झिन ध्वनि से गूँजती हुई तृण-ज़मीन से लेकर शब्दातीत नक्षत्र-लोक तक सिर्फ़ इंगित, संगीत, रोना और उच्छ्वासें भरी पड़ी हैं।

हर दुपहरिया को नाविक तथा मछुए, खाने के लिए अपने-अपने घर जाते, गृहस्थ तथा पक्षी आराम करते, पार उतारने वाली नौका बन्द पड़ी रहती, जन-समाज अपने सारे काम-धन्धों के बीच में रुककर अचानक भयानक निर्जन मूर्ति ग्रहण करता, तब रुद्र महाकाल के नीचे एक गूँगी प्रकृति तथा एक गूँगी लड़की दोनों आमने-सामने चुपचाप बैठी रहती हैं। एक दूर तक फैली हुई धूप में दूसरी एक छोटे से पेड़ की छाया में।

सुभाषिणी की कोई दोस्त है ही नहीं, ऐसी भी बात नहीं है। गौ-घर में दो गायें हैं, एक का नाम है सरस्वती तथा दूसरी का नाम है पार्वती। ये नाम सुभाषिणी के मुँह से उन गायों ने कभी न सुने, लेकिन वे उसके पैरों की धीमी गति को भली-भाँति पहचानती हैं। सुभाषिणी का बिना बातों का एक ऐसा करुण स्वर है, जिसका मतलब वे भाषा की बनिस्बत कहीं ज़्यादा आसानी से समझ जाती हैं। वह कभी उन पर लाड़ करती, कभी डाँटती और कभी प्रार्थना का भाव दर्शाकर उन्हें मनाती तथा इन बातों को उसकी 'सारो' और 'पारो' इनसान से कहीं ज़्यादा और अच्छी प्रकार समझ जाती हैं।

सुभाषिणी गौ-घर में घुसकर अपनी दोनों बाँहों से ज़्यादा 'सारो' की गर्दन पक. ड़कर उसके कान के पास अपनी कनपटी रगड़ती है, तब 'पारो' प्रेम की नज़र से उसकी तरफ़ निहारती हुई, उसके बदन को चाटने लगती है। सुभाषिणी दिनभर में

कम-से-कम दो-तीन बार तो नियम से गौ-घर में जाया करती है। इसके अलावा अनियमित आना-जाना भी बना रहता। घर में जिस दिन वह कोई सख़्त बात सुनती, उस दिन उसका समय अपनी गूँगी सखियों के पास बीतता। सुभाषिणी के सहनशील और विषाद-शान्त चितवन को देखकर वे न जाने कैसी एक अन्य अनुमानशक्ति में उसकी मर्म-वेदना को समझ जातीं तथा उसकी देह से सटकर धीरे-धीरे उसकी बाँहों पर सींग घिस-घिस कर अपनी मौन आकुलता से उसका धैर्य बाँधने की कोशिश करतीं।

इसके सिवा, एक बकरी तथा बिल्ली का बच्चा भी था। उनके साथ सुभाषिणी की गहरी मित्रता तो नहीं थी, फिर भी वे उससे बहुत प्यार रखते और उसके कहने के अनुसार चलते। बिल्ली का बच्चा, चाहे दिन हो या रात, जब-तब सुभाषिणी की गर्म गोद पर बिना किसी संकोच के अपना अधिकार जमा लेता और सुख की नींद सोने की तैयारी करता और सुभाषिणी जब उसकी गोद तथा कमर पर अपनी मुलायम उँगलियाँ फेरती, तब तो वह ऐसे आन्तरिक भाव दिखाने लगता, मानो उसको नींद में ख़ास मदद मिल रही है।

ऊँची श्रेणी के प्राणियों में सुभाषिणी को और भी एक मित्र मिल गया था, लेकिन उसके साथ उसका ठीक कैसा सम्बन्ध था, इसकी पक्की ख़बर बताना मुश्किल है।

क्योंकि उसके बोलने की जिह्वा हैं और वह गूँगी है, अत: दोनों की बोली एक नहीं थी।

वह गुसाइयों का छोड़ा लड़का प्रताप था। प्रताप बिलकुल आलसी तथा नालायक था। उसके माता-पिता ने बड़े प्रयत्नों के उपरान्त इस बात की आशा तो बिलकुल छोड़ दी थी कि वह कोई काम-काज करके घर-गृहस्थी की कुछ मदद करेगा।

निकम्मों के प्रति यह बड़ी खुशकिस्मती है कि परिजन उन पर बेशक नाराज़ रहें पर बाहरी जनों के लिए वे अकसर स्नेहपात्र होते हैं, कारण, किसी विशेष काम में न फँसे रहने से वे सरकारी मिल्कियत-से बन जाते हैं। नगरों में जैसे घर के बग़ल में अथवा कुछ दूर पर एक-आध सरकारी बग़ीचे का रहना आवश्यक है, वैसे ही गाँवों में दो-चार निठल्ले-निकम्मे सरकारी इनसानों का रहना आवश्यक है। काम-धन्धे में, हास-परिहास में और जहाँ कहीं भी एक-आध कमी देखी, वहीं वे चट से हाथ के पास ही मिल जाते हैं।

प्रताप की विशेष रुचि एक ही है। वह मछली पकड़ने का बहुत शौकीन है। इससे उसका बहुत-सा वक़्त आसानी से कट जाता है। तीसरे पहर सरिता के तीर पर

बहुधा वह इस कार्य में तल्लीन दिखाई देता और इसी बहाने सुभाषिणी से उसकी मुलाक़ात हुआ करती थी। चाहे किसी भी काम में हो, पार्श्व में एक हमजोली मिलने मात्र से ही प्रताप का मन खुशी से नाच उठता। मछली के शिकार में मौन साथी ही सबसे अच्छा माना जाता है, अतः प्रताप सुभाषिणी की खूबी को जानता है तथा इज़्ज़त करता है। यही वजह है कि और सब तो सुभाषिणी को सुभा कहते, लेकिन प्रताप उसमें और भी प्यार भर कर सुभा को 'सू' कहकर पुकारता।

सुभाषिणी इमली के पेड़ के नीचे बैठी रहती तथा प्रताप पास ही ज़मीन पर बैठा हुआ नदी के पानी में काँटा डालकर उसी की तरफ़ निहारता रहता। प्रताप के लिए उसकी ओर रोज़ाना एक पान का बीड़ा बँधा आता था और उसे स्वयं वह अपने हाथ से लगाकर लाती। और शायद, बहुत देर तक बैठे-बैठे देखते-देखते उसकी मर्ज़ी होती कि वह प्रताप की कोई ख़ास सहायता करे, उसके किसी कार्य में मदद कर दे। उसके ऐसा मन में आता कि किसी तरह वह यह बता दे कि संसार में वह भी एक कम आवश्यक प्राणी नहीं। मगर उसके पास न तो कुछ करने को था तथा न कुछ कर ही सकती थी। तब वह मन-ही-मन ईश्वर से ऐसी अलौकिक ताकत के लिए विनती करती कि जिससे यह जादू-मन्तर से चट से ऐसा कोई चमत्कार दिखा सके जिसे देखकर प्रताप हैरत में रह जाये, और कहने लगे—"अच्छा! 'सू' में यह करामात! मुझे क्या पता था?"

मान लो, सुभाषिणी अगर जलपरी होती और धीरे-धीरे जल में से निकलकर सर्प के माथे की मणि घर पर रख देती तथा प्रताप अपने उस छोटे-से धंधे को छोड़कर मणि को पाकर पानी में डुबकी लगाता और पाताल में पहुँचकर देखता कि रजत-प्रासाद में स्वर्णजड़ित सिंहासन पर कौन बैठी है तथा अचम्भे से मुँह खोलकर कहता—"अरे! यह तो अपने वाणीकंठ के घर की वही गूँगी छोटी कन्या है 'सू!' मेरी 'सू' आज मणियों से जड़ित, गम्भीर, निस्तब्ध पातालपुरी की एक प्रकार जलपरी बनी बैठी है।"

"तो! क्या यह बात हो ही नहीं सकती? क्या यह बिलकुल नामुमकिन ही है? हक़ीक़त में कुछ भी सम्भव नहीं। लेकिन फिर भी, 'सू' प्रजा-शून्य पातालपुरी के राजघराने में जन्म न लेकर वाणीकंठ के घर पैदा हुई है और इसीलिए वह आज गुसाइयों के घर के लड़के प्रताप को किसी तरह के आश्चर्य से चकित नहीं कर सकती।"

सुभाषिणी की आयु दिन-प्रतिदिन बढ़ती ही जा रही है। धीरे-धीरे मानो वह अपने आपको स्पर्श कर रही है। मानो किसी एक पूर्णिमा को किसी सागर से एक

ज्वार-सा आकर उसके अन्तराल को किसी एक नवीन अनिर्वचनीय चेतना की शक्ति से भर-भर देता है। अब मानो वह अपने-आपको देख रही है, अपने बारे में कुछ सोच रही है, कुछ पूछ रही है, मगर कुछ समझ नहीं पाती।

पूर्णिमा की गाढ़ी रात में उसने एक दिन धीरे-से कक्ष के झरोखे को खोलकर, डर से भरपूर स्थिति में मुँह निकालकर बाहर की ओर देखा। देखा कि पूर्णिमा-प्रकृति भी उसके जैसी सोती हुई संसार पर अकेली बैठी हुई जाग रही है। वह भी जवानी के उन्माद से, आनन्द से, विषाद से, असीम नीरवता की आख़िरी परिधि तक, यहाँ तक कि उसे भी पार करके चुपचाप स्थिर बैठी है, एक अल्फ़ाज़ उसके मुख से नहीं निकल रहा है। मानो इस स्थिर निस्तब्ध प्रकृति के एक छोर पर उससे भी स्थिर तथा उससे भी निस्तब्ध एक भोली लड़की खड़ी हो।

इधर कन्या के विवाह की फिक्र में माता-पिता बहुत व्याकुल हो उठते हैं और गाँव के लोग भी यत्र-तत्र निन्दा कर रहे हैं। यहाँ तक कि जाति ख़त्म कर देने की भी अफवाह उड़ी है। वाणीकंठ की आर्थिक स्थिति वैसे अच्छी है, खाते-पीते एश-ओ-आराम से है इसी वजह से इनके शत्रुओं की भी गिनती बहुत अधिक है। स्त्री-पुरूषों में इस बात पर काफ़ी कुछ सलाह-मशविरा हुआ। कुछ दिनों के प्रति वाणीकंठ गाँव से बाहर परदेश चले गये।

आख़िर में, एक दिन घर लौट पत्नी से बोले–“चलो, कलकत्ता चलें?” कलकत्ता जाने की तैयारियाँ पूरे ज़ोर-शोर से होने लगीं। कुहरे से ढके हुए सवेरे के समान सुभा का सारा अन्त:करण आँसुओं की भाप से ऊपर तक भर आया। भावी आशंका से डरकर कुछ दिनों से गूँगे पशु की तरह लगातार अपने माता-पिता के साथ रहती और अपनी बड़ी-बड़ी आँखों से उनके मुख की तरफ़ देखकर मानो कुछ समझने की कोशिश किया करती पर वे उसे, कोई भी बात समझाकर बताते ही नहीं थे।

इसी बीच में एक दिन तीसरे पहर, किनारे के क़रीब मछली का शिकार करते हुए प्रताप ने हँसते-हँसते पूछा–“क्यों री सू, मैंने सुना है कि तेरे लिए वर मिल गया है, तू विवाह करने कलकत्ता जा रही है। देखना, कहीं हम लोगों को तू भूल मत जाना।” इतना कहकर वह पानी की तरफ़ देखने लगा।

तीर से घायल हिरणी जैसे शिकारी की ओर ताकती और आँखों में वेदना प्रकट करती हुई कहती रहती है–“मैंने तुम्हारा क्या बिगाड़ा था?” सुभा ने लगभग वैसे ही प्रताप की ओर देखा, उस दिन वह पेड़ के नीचे नहीं बैठी। वाणीकंठ जब बिस्तर

से उठकर धूम्रपान कर रहे थे। सुभा उनके पैरों के पास बैठकर उनके मुँह की ओर देखती हुई रोने लगी। आख़िर में बेटी को ढाँढ़स और सान्त्वना देते हुए पिता के सूखे हुए कपोलों पर आँसुओं की दो बूँदें हुलक पड़ीं।

कल कलकत्ता जाने का शुभ मुहूर्त है। सुभा ग्वाल-घर में अपनी घनिष्ट सहेलियों से विदा लेने के लिए गई। उन्हें अपने हाथ से खिलाकर गले में बाँह डालकर वह अपनी दोनों आँखों से ख़ूब जी भरके उनसे बातें करने लगी। उसकी दोनों आँखें आँसुओं के बाँध को न रोक सकी थीं।

उस दिन शुक्ला-द्वादशी की रात थी। सुभा अपनी कोठरी से निकलकर उसी जाने-पहचाने नदी किनारे के कच्चे घाट के निकट घास पर औंधी लेट गयी। मानो वह अपनी और अपनी गूँगी जाति की पृथ्वी माता से अपनी दोनों बाँहों को लिपटाकर कहना चाहती है–"तू मुझे कहीं के प्रति मत विदा कर माँ, मेरे समान तू मुझे अपनी बाँहों से पकड़े रख, कहीं मत विदा कर।"

कलकत्ते के किराये के घर में एक दिन सुभा की माता ने उसे कपड़ों से ख़ूब सजा दिया। कसकर उसका जुड़ा बाँध दिया, उसमें जरी का फीता लपेट दिया था, आभूषणों से लाद कर उसके स्वाभाविक रूप-सौंदर्य को भरसक मिटा दिया था। सुभा की दोनों आँखें आँसुओं से गीली थीं। आँखें कहीं सूख न जायें, इस भय से माता ने उसे बहुत समझाया-बुझाया और आख़िर में फटकारा भी, पर आँसुओं ने फटकार की कोई परवाह न की।

उस दिन कई दोस्तों के साथ वह कन्या को देखने के लिए आया। कन्या के माता-पिता चिन्तित, शंकित तथा भयभीत हो उठे। मानो देवता स्वयं अपनी बलि के पशुओं को देखने आये हों।

भीतर से बहुत डाँट-फटकार बताकर लड़की के आँसुओं की धारा को और भी तीव्र रूप देकर उसे निरीक्षकों के सामने भेज दिया।

निरीक्षकों ने काफ़ी देर तक देखभाल के बाद कहा–"ऐसी कोई बुरी भी नहीं है।"

ख़ासतौर से कन्या के आँसुओं को देखकर वे समझ गये कि इसके हृदय में कुछ दर्द भी है, और फिर हिसाब लगाकर देखा कि जो मन आज माता-पिता के बिछोह की बात सोचकर इस तरह द्रवित हो रहा है, अन्त में कल उन्हीं के काम वह आयेगा। सीप के मोती के समान कन्या के आँसुओं की बूँदें उसका मूल्य बढ़ाने लगीं। उसकी तरफ़ से और किसी को भी कुछ कहना ही नहीं पड़ा।

पात्र देखकर, खूब अच्छे मुहूर्त में सुभा का विवाह-संस्कार हो गया।

गूँगी लड़की को दूसरों के हाथ सौंपकर माता-पिता अपने घर लौट आये और तब कहीं जाकर उनकी जाति तथा परलोक की रक्षा हो सकी।

सुभा का पति पछांह की ओर नौकरी करता है। विवाह के बाद शीघ्र ही वह पत्नी को लेकर नौकरी पर चला गया।

एक सप्ताह के अन्दर-ही-अन्दर ससुराल के सभी लोग समझ गये कि बहू गूँगी है, पर इतना किसी ने न समझा कि इसमें अपना कोई दोष नहीं, उसने किसी के साथ विश्वासघात नहीं किया। उसके नयनों ने सभी बातें कह दी थीं, लेकिन कोई उसे समझ न सका। अब वह चारों तरफ़ निहारती रहती है, उसे अपने मन की बात कहने की भाषा नहीं मिलती। जो गूँगे की भाषा समझते थे, उसके जन्म से परिचित थे, वे चेहरे उसे यहाँ दिखाई नहीं देते। कन्या के गहरे खामोश अन्तःकरण में असीम अव्यक्त क्रन्दन ध्वनित हो उठा और सृष्टिकर्त्ता के सिवा और कोई उसे सुन ही न सका।

अबकी बार उसका पति अपनी आँखों तथा कानों से ठीक तरह इम्तिहान लेकर एक बोलने वाली स्त्री को ब्याह लाया।

***

सज़ा

दुखीराम रूइ तथा छिदाम रूइ दोनों भाई जब सुबह के समय हाथ में हँसिया लेकर मज़दूरी करने बाहर निकले तब उन दोनों की पत्नियों में लड़ाई-झगड़ा मचा हुआ था, मगर प्रकृति के अन्याय नानाविध रोज़ाना कलरव के समान इस कलह-कोलाहल का भी सारे मुहल्ले के लोगों को अभ्यास हो गया था। तीव्र कंठ स्वर सुनते ही लोग एक-दूसरे से कहते—"वह देखो, छिड़ गई जंग।" अर्थात् जैसी उम्मीद की जा रही थी ठीक वैसा ही हुआ, आज भी स्वाभाविक नियम में किसी तरह की कमी नहीं आई। प्रात:काल पूर्व दिशा में सूर्य के निकलने पर जैसे कोई उसके निकलने की वजह नहीं पूछता, वैसे ही इन कोरियों के घर में दोनों देवरानी जेठानी में जब कोई हो-हल्ला होने लगता तब उसकी वजह जानने के लिए किसी के भी मन में किसी तरह की जिज्ञासा पैदा नहीं होती।

इसमें शक नहीं कि यह कलह-कोलाहल पड़ोसियों की बनिस्वत दोनों पतियों को ही अधिक स्पर्श करता, लेकिन वे इसमें किसी प्रकार की असुविधा नहीं मानते थे। वे दोनों भाई मानो इस विशाल विश्व-पथ पर किसी इक्के में जा रहे हों। अपने दोनों ओर किंग के दो पहियों की लगातार घड़-घड़ खड़-खड़ को उन्होंने जीवन-रथ सफर के विधि-विहित नियमों में ही मान लिया हो।

बल्कि जिस दिन घर में कोई शोर न होता, तो चारों ओर सन्नाटा छाया रहता, उस दिन उन्हें किसी आसन्न अनैसर्गिक उपद्रव का शक होने लगता। कोई भी उस दिन हिसाब करके यह नहीं बता सकता कि कब क्या हो जाएगा।

हमारी कहानी की घटना जिस दिन आरम्भ हुई उस दिन शाम के कुछ पहले दोनों भाई जब मज़दूरी करके थके हुए घर लौटे तो उन्होंने देखा कि ख़ामोशी से घर साँय-साँय कर रहा है।

बाहर भी बहुत गरमी से भरी उमस थी। दोपहर के वक़्त बारिश की ज़ोरदार बौछार हो चुकी थी। अब भी चारों तरफ़ मेघ छाए थे। हवा का नामो-निशान न था। वर्षा के दिनों में घर के चारों तरफ़ के जंगल और झाड़-झंखाड़ बहुत बढ़ गये थे वहाँ से और पार के जलमग्न खेतों से भीगी वनस्पतियों की सघन गंध-वाष्प अटल प्राचीर के समान चारों तरफ़ डटी हुई थी। गोशाला के पीछे वाले गट्टे में मेंढक टर्रा रहे थे तथा झिल्ली-रव से संध्या का निस्तब्ध आकाश एकदम परिपूर्ण था।

थोड़ी दूर पर बरसात की पद्म नवीन मेघों की छाया में बड़ा भयंकर रूप ग्रहण किए बह रही थी। अनाज के खेतों का ज़्यादातर हिस्सा बहकर बस्ती के पास आ पहुँचा था। यही नहीं, टूटे किनारे के पास दो-चार आम तथा कटहल के पेड़ों के तने पानी में बहते दिखाई दे रहे थे, मानो उनके निःसहाय हाथों की फैली हुई अंगुलियाँ शून्य में किसी अंतिम अवलंब को अपनी मुट्ठी में कसकर पकड़ने का प्रयास कर रही हों।

दुखीराम तथा छिदाम उस दिन ज़मींदार की कचहरी में कार्य करने गए थे। उस नदी के किनारे की भूमि में जलिधान पक गया था। वर्षा में नदी के किनारे डूब जाने के पहले ही धान काट लेने के प्रति बस्तीभर के निर्धन लोग या तो अपने खेत में या फिर मज़दूरी पर पाट काटने में लगे हुए थे, सिर्फ़ इन दोनों भाइयों को कचहरी का सिपाही आकर जबरदस्ती पकड़ ले गया था। कचहरी के छप्पर को भेदकर जगह-जगह से पानी चू रहा था—उसी की मरम्मत में और कुछ टट्टर तैयार करने में वे दिनभर लगे रहे थे। घर नहीं आ सके, कचहरी में ही कुछ खाना-पीना कर लिया था। बीच-बीच में बारिश में भीगना पड़ा था—अच्छी मज़दूरी तो मिली ही नहीं, उसके बदले में जो अनुचित कड़वी बातें सुननी पड़ीं, वे उनकी मज़दूरी से बहुत ज़्यादा थीं।

रास्ते के कीचड़ तथा पानी को पार करके शाम के वक़्त घर लौटकर दोनों भाइयों ने देखा, देवरानी चंदरा धरती पर अंचल छिपाए चुपचाप लेटी हुई है। आज के मेघाच्छन्न दिन के समान वह भी मध्याह्न में प्रचुर आँसुओं—बारिश करने के कारण साँझ होते-होते थककर अत्यंत घुटी-घुटी हो गयी थी, तथा जेठानी राधा मुँह भारी किए ओसारे में बैठी थी, उसका डेढ़ साल का छोटा बच्चा सो रहा था। दोनों भाइयों ने अंदर पहुँचकर देखा, बच्चा नंगा आँगन के एक कोने में लेटा सीधा पड़ा सो रहा था।

भूखे दुखीराम ने और देर न करके कहा–"भात दे!"

बारूद के बोरे में जैसे आग की चिनगारी गिर पड़ी हो, जेठानी क्षणभर में तीव्र आसमान भेदी स्वर में चीख पड़ी–"भात कहाँ है जो भात दूँ। तू क्या चावल दे गया था? मैं क्या खुद कमाई करके लाती?"

सारे दिन की थकावट तथा लांछना के बाद अन्तहीन निरानंद अँधेरा घर, प्रज्वलित क्षुधानल, गृहिणी के रूक्ष वचन, विशेषकर आख़िरी वाक्य में निहित कुत्सित श्लेष दुखीराम को एकाएक जैसे असह्य हो उठा! उसने गुस्सयारे व्याघ्र के सामने गंभीर गर्जन करते हुए कहा–"क्या कहा?" और दूसरे पल उसने हँसिया उठाकर आव देखा न ताव, झट से स्त्री के सिर पर दे मारा। राधा रानी देवरानी की गोद के पास गिर पड़ी तथा उसके प्राण निकलने में पलभर की भी देर न हुई।

खून से सने कपड़ों में चंदरा–"अरे, यह क्या किया रे!" कहकर चिल्ला उठी। छिदाम ने उसका मुँह भींच दिया। दुखीराम हँसिया फेंककर हाथों में मुँह ढके हतबुद्धि के समान धरती पर बैठ गया। बच्चा जाग पड़ा और डर से चीख़कर रोने लगा।

बाहर उस समय पूर्ण रूप से शांति थी। ग्वाल-बाल गाएँ चराकर गाँव की ओर लौट रहे थे। उस पार के चर में नए पके धान काटने गए हुए लोग पाँच-पाँच, सात-सात के दल में एक-एक छोटी नौका करके इस पार लौटकर परिश्रम के पुरस्कार-रूप दो-चार मुट्ठी धान सिर पर प्रति अवसर सभी अपने-अपने घर आ पहुँचे थे।

चक्रवर्ती-परिवार के रामलोचन काका गाँव के डाकघर में चिट्ठी छोड़कर घर लौटकर चुपचाप निश्चिंत भाव से हुक्का पी रहे थे। उन्हें एकदम याद आया, उनके अपने कोरी आसामी दुखी पर लगान के बहुत-से रुपये बाकी हैं, आज उसने कुछ अंश चुकाने का वायदा किया था। इस समय तक वे घर लौट आए होंगे, यह सोचकर वे कंधे पर चादर डालकर छाता लेकर बाहर निकल पड़े।

कोरियों के घर में घुसते ही उनका शरीर ठंडा पड़ गया। देखा, घर में दीया नहीं जलाया गया था। अँधेरे ओसारे में दो-चार अँधेरी मूर्तियाँ अस्पष्ट दिख रही थीं। रह-रहकर ओसारे के एक कोने में से रोने की अस्फुट आवाज़ फूट रही थी–तथा बच्चा ज्यों ही 'माँ-माँ' पुकारता हुआ रोने का प्रयास करता था, छिदाम उसका मुँह दबा देता था। कुछ डर कर रामलोचन ने पूछा–"दुखी, घर में है क्या?"

अब तक दुखी पत्थर की मूर्ति के समान ख़ामोश बैठा था। उसका नाम लेकर पुकारते ही वह अबोध बालक के समान फूट-फूटकर रोने लगा।

छिदाम फ़ौरन ओसारे से आँगन में उतरकर चक्रवर्ती के पास आ गया। चक्रवर्ती ने पूछा, "औरतें शायद झगड़ा कर बैठी हैं! आज तो दिनभर चिल्लपों सुनी है।"

अभी तक किंकर्तव्यविमूढ़ छिदाम कुछ भी नहीं सोच पाया था। अनेक तरह की असंभव कल्पनाएँ उसके दिमाग़ में उठ रही थीं। अन्त में उसने फैसला किया कि रात थोड़ी ज़्यादा हो जाने पर मृत शरीर को कहीं गायब कर देगा। इस बीच चक्रवर्ती आ उपस्थित होंगे, यह उसके ध्यान में भी न आया था। चटपट कोई जवाब न सूझा। कह बैठा, हाँ, आज लड़ाई-झगड़ा हो गया था।

ओसारे की तरफ़ बढ़ने की कोशिश करते हुए चक्रवर्ती बोले–"लेकिन उसके लिए रोता क्यों है रे दुखी!"

छिदाम को लगा, अब ख़ैर नहीं, हठात् कह बैठा–"झगड़े में छोटी बहू ने बड़ी बहू के सिर में हँसिया दे मारा था।"

मौजूदा परेशानी को छोड़कर और कोई बिपदा भी हो सकती है, यह बात सहज ही दिल में नहीं आती। उस वक़्त छिदाम सोच रहा था, कठोर सच के हाथ में किस तरह रक्षा होगी।

झूठ उसकी भी अपेक्षा ज़्यादा ख़तरनाक हो सकता है इसका उसे ज्ञान न था। रामलोचन का सवाल सुनते ही उसके दिमाग़ में फ़ौरन जवाब सूझा वह उसने उसी क्षण कह डाला।

रामलोचन ने चौंककर कहा–"एं क्या कहा! मरी तो नहीं?"

छिदाम ने कहा–"मर गई है।" तथा यह कहते हुए उसने चक्रवर्ती के पाँव पकड़ लिए।

चक्रवर्ती को भागने का रास्ता न मिला। सोचा–"रामनाम! शाम के वक़्त यह कैसी परेशानी में पड़ गया। अदालत में गवाही देते-देते प्राण ही निकल जाएँगे।" यह छिदाम ने किसी भी प्रकार उनके पैर न छोड़े और बोला–"पण्डित जी महाराज, अब अपनी बहू को बचाने के लिए क्या उपाय करूँ?"

मामलों-मुकदमों में परामर्श देने के प्रति रामलोचन सारे गाँव के प्रधानमंत्री थे। थोड़ा सोचकर बोले–"देख, इसका तरीका है। तू इसी वक़्त दौड़कर थाने जा और

कह कि तेरे बड़े भाई दुखी ने शाम के वक्त घर लौटकर भात माँगा था, भात तैयार न था इसलिए औरत के सिर पर हँसिया दे मारा है। मैं निश्चित रूप से कहता हूँ, यह बात कहने से छोकरी बच जायेगी।"

छिदाम का गला सूख गया। उठकर बोला–"पण्डित जी, बहू चली गई तो बहू तो फिर मिल जाएगी, मगर भाई को फाँसी होने पर भाई तो फिर नहीं मिलेगा।" लेकिन जब उसने अपनी पत्नी के नाम दोषारोपण किया था तब ये सारी बातें नहीं सोची थीं। जल्दी में एक कार्य कर डाला तथा अलक्षित भाव से दिल अपने पक्ष में युक्ति तथा सान्त्वना इकट्ठी कर रहा था।

चक्रवर्ती को यह भी बात युक्ति-संगत मालूम हुई। वे बोले–"तब जो घटित हुआ है, वही कहो, सब तरफ़ से रक्षा करना मुश्किल है।"

यह कहकर रामलोचन अविलंब चले गये तथा देखते-देखते गाँव में शोर मच गया कि कोरियों के घर में चंदरा ने क्रोध में आकर अपनी जेठानी के सिर पर हँसिया दे मारा है।

बाँध टूट जाने पर जैसे जल का रेला आता है इसी तरह हुँकार करती हुई पुलिस गाँव में आ पहुँची, अपराधी तथा निरपराधी सभी बड़े चिन्तित हो उठे।

छिदाम ने सोचा, 'जो रास्ता बनाया है अब तो हमें उसी पर चलना पड़ेगा।' उसने चक्रवर्ती के सामने अपनी ज़बान से एक बात कह दी है, वह बात सारे गाँव में फैल गई है, अब फिर कोई नई बात फैलने से क्या जाने और क्या हो जाए, वह कुछ भी न सोच सका। सोचा–'किसी प्रकार उस बात को रखते हुए उसके साथ और पाँच बातें जोड़कर पत्नी को बचाने के अलावा और कोई रास्ता नहीं है।'

छिदाम ने अपनी पत्नी चंदरा से अपने ऊपर अपराध ले लेने की प्रार्थना की। उस पर जैसे वज्रपात हुआ। छिदाम ने आश्वासन देते हुए उससे कहा–"जो कह रहा हूँ, वही कर, तुझे कोई भय नहीं है, हम तुझे बचा लेंगे।"

आश्वासन तो दे दिया, मगर गला सूख गया और मुँह का रंग सफ़ेद पड़ गया।

चंदरा की उम्र सत्रह-अठारह से ज़्यादा न थी। मुँह इष्ट-पुष्ट गोल था, मँझला कद, गठी हुई देह, स्वस्थ सबल अंग-प्रत्यंगों में एक ऐसा सौष्ठव था कि चलने-फिरने में, हिलने-डुलने में जिस्म को कहीं मानो कोई रुकावट ही मालूम नहीं होती थी। किसी नई बनी नाव के समान खूब छोटी एवं सुडौल वह अत्यन्त सहज भाव से चलती थी तथा कहीं कोई गाँठ ढीली नहीं हुई थी। संसार के सभी

विषयों के प्रति उसको एक कौतुक और कौतूहल था, मुहल्ले में गप-शप करना उसे बहुत भाता और कमर पर घड़ा रखकर घाट आते-आते अपनी दो उँगलियों से घूँघट को ज़रा-सा ढककर दो उज्ज्वल चंचल घनी काली आँखों से रास्ते में जो कुछ भी देखने काबिल होता, तब देखती चलती। बड़ी बहू ठीक इससे उल्टी थी, अत्यन्त अस्त-व्यस्त ढीली-ढाली तथा अव्यवस्थित। सिर पर पल्ला, गोद का बच्चा, घर-गृहस्थी का कार्य वह कुछ भी नहीं सँभाल पाती थी। हाथ में कोई ख़ास कार्य भी नहीं था, तो भी उसे मानो कभी फुर्सत नहीं मिल पाती थी। छोटी देवरानी उससे कुछ ज्यादा बात नहीं करती थी, मीठे स्वर में दो-एक चुभती बात कह देती और वह हाय-हाय करती, क्रोध से लाल-पीली होकर बकती-झकती रहती और सारे मुहल्ले को अस्थिर कर देती।

पति-पत्नी के इन दो जोड़ी की आदत में एक आश्चर्यजनक मेल था। दुखीराम कुछ वृहदाकार व्यक्ति था–खूब चौड़े हाथ, छोटी नाक, आँखें दो जैसे इस दृश्यमान संसार को अच्छी प्रकार न समझती हों, न इससे किसी तरह का प्रश्न करना चाहती हों। ऐसा निरीह भीषण, सबल किन्तु निरुपाय आदमी अति दुर्लभ है।

छिदाम को मानो किसी ने बड़े प्रयास से किसी चमकीले काले पत्थर से तराशकर गढ़ा हो। उसके अंग सुघड़ गये थे, अनुपात में कहीं भी लेशमात्र भी कमी नहीं थी। जिस्म के हर एक अंग में बल और नैपुण्य-मिश्रित पूर्णता दिखती थी। नदी के ऊँचे कगार से कूद पड़े, लग्गी लेकर नौका ठेले, बाँस के पेड़ पर चढ़कर छाँट-छाँट कर उसकी शाखाएँ काट लाए, सभी कार्यों में उसकी एक अद्भुत निपुणता, एक सहज शोभा प्रकट होती थी। बड़े-बड़े काले बालों को तेल डालकर सँवारे रहता था, जो कंधे तक लटकते रहते थे–वेशभूषा और सजावट में कुछ विलक्षण सावधानी दिखती थी। दूसरे ग्राम-वधुओं की खूबसूरती के लिए यद्यपि उसकी नज़र उदासीन न थी, और उसकी आँखों को वह मनोरम लगे उसकी उसे बहुत चाह थी, तो भी छिदाम अपनी युवा पत्नी को कुछ ख़ास प्यार करता था। एक अन्य वजह से भी दोनों में बंधन मजबूत था। छिदाम सोचता–'चंदरा जिस तरह की चटुल चंचल स्वभाव की स्त्री है, उसका पूरा यक़ीन नहीं किया जा सकता।' और चंदरा सोचती, 'मेरे पति की निगाहें चारों तरफ़ रहती हैं, उनको ज़रा मजबूती से न बाँधने पर किसी भी दिन हाथ से छूट जाने में कोई बाधा नहीं है।'

इस घटना के कुछ समय पहले से पति-पत्नी में बड़ी भारी खींच-तान चल रही थी। चंदरा ने देखा कि उसका पति बीच-बीच में कार्य का बहाना करके दूर चला जाता, यहाँ तक कि दो-एक दिन बिताकर आता तथा कुछ भी कमाकर न लाता। बुरे लक्षण देखकर वह भी कुछ अधिक करने लगी। जब कभी भी घाट पर चली जाती, मुहल्ले में घूम आती तथा लौटकर काशी मजूमदार के मँझले लड़के की काफ़ी चर्चा करती।

छिदाम के दिन तथा रातों में किसी ने जैसे ज़हर घोल दिया हो। काम-काज में कभी भी पलभर के लिए भी हृदय शांत नहीं रह पाता था। एक दिन आकर उसने भाभी को ख़ूब फटकारा। वह हाथ हिलाकर गरजते हुए मरे हुए पिता को सम्बोधित करती हुई बोली–"वह औरत तो तूफान से भी ज्यादा तेज़ है उसे भला मैं सँभालूँगी! मैं जानती हूँ कि वह एक-न-एक दिन सभी कुछ बर्बाद करके रहेगी।"

पास की कोठरी से आकर चंदरा ने धीरे-धीरे कहा–"क्यों दीदी, तुम्हें किस बात का भय है? बस देवरानी-जेठानी दोनों में वाक्-युद्ध छिड़ गया था।

छिदाम आँखें लाल करके बोला–"अब अगर कभी मैंने सुना कि तू अकेली घाट पर गई तो तेरी हड्डी-पसली तोड़कर रख दूँगा।"

चंदरा बोली–"तब तो छाती में ठंडक पड़ जाएगी।" तथा यह कहकर उसी क्षण वह बाहर जाने को तैयार हो गयी।

छिदाम ने झटककर उसके बाल पकड़े तथा उसे खींचकर कोठरी में बंद करके बाहर से द्वार बंद कर दिया।

शाम को कार्य पर से लौटकर जब उसने देखा, कोठरी खुली हुई है, घर में कोई नहीं है। चंदरा वहाँ तीन गाँव पार करके सीधी अपने मामा के घर जा धमकी थी। छिदाम वहाँ से बहुत कोशिश करके अनेक मिन्नतों के बाद उसे घर लौटा लाया, लेकिन इस बार उसने हार मान ली। उसने समझ लिया, जिस तरह अंजलीभर पारे को मुट्ठी में ज़ोर से दबाए रखना मुश्किल है, वैसे ही इस मुट्ठीभर स्त्री को भी ज़ोर से पकड़कर रखना है–वह मानो दसों उँगलियों की छेदों पे से बाहर निकल पड़ती है। फिर कोई ज़बरदस्ती नहीं की, लेकिन उसके दिन बड़ी अशांति से कटने लगे। उस चंचल युवती के प्रति उसका चिर-शंकित प्यार एक तीव्र वेदना के समान विषम दुखदायी हो गया। यहाँ तक कि कभी-कभी उसके दिल में आता था कि अगर वह मर जाये तो वह बेफिक्र होकर कुछ शांति पा सकता है।

मनुष्य की जितनी जलन मनुष्य पर होती है उतनी यम पर नहीं।

तभी तो घर में यह विपद् घटी थी।

चंदरा से जब उसके पति ने खून मान लेने को कहा तो वह चकित होकर देखती रह गयी। उसकी काली आँखें आग के समान नीरव भाव से अपने प्यारे को दग्ध करने लगीं। उसका सारा तन-मन मानो धीरे-धीरे संकुचित होकर अपने पति राक्षस के हाथों से छूटने का प्रयास करने लगा। उसकी संपूर्ण अंतरात्मा बिलकुल मुँह फेरकर खड़ी हो गयी थी।

छिदाम ने आश्वासन दिया–"तुम्हारे लिए भय की कोई बात नहीं।" इतना कहकर वह पुलिस तथा मजिस्ट्रेट के सामने क्या कहना होगा यह बार-बार सिखाने लगा। चंदरा ने यह सारी लंबी कहानी ज़रा भी नहीं सुनी थी। वह तो बस काठ की मूर्ति बनी जड़वत बैठी रही।

सभी कार्यों में दुखीराम पूरी तौर से छिदाम के ऊपर निर्भर रहता था। छिदाम ने जब चंदरा के ऊपर दोषारोपण करने को कहा तो दुखी बोला–"तो फिर बहू का क्या होगा?"

छिदाम ने कहा–"उसको मैं बचा लूँगा।" वृहत्काय दुखीराम बेफिक्र हो गया।

छिदाम ने अपनी पत्नी को हवाला दिया था कि–"तू कहना, जेठानी मुझे हँसिया लेकर मारने आई थी, मैं उसको कटार लेकर रोकने गई, फिर मालूम नहीं न जाने वह कैसे लग गई।" यह सब रामलोचन की सूझ-समझ थी। इसको नज़र में रखकर जो-जो अलंकार और प्रमाण देने की पड़ी थी उसने वह भी विस्तारपूर्वक छिदाम को सिखा दिया था।

पुलिस आकर जाँच-पड़ताल करने लगी। चंदरा ने ही अपनी जेठानी का खून किया है, गाँव के सभी लोगों के दिल में यह धारणा पूरी तरह मस्तिष्क में बैठ गयी। सारे गवाहों द्वारा भी यही प्रमाणित हुआ। पुलिस ने जब चंदरा से पूछा, तो उसने कहा–"हाँ, मैंने खून किया है उसका।"

"खून क्यों किया है?"

"वह मुझे अच्छी नहीं लगती थी इसीलिए।"

"कोई झगड़ा हुआ था क्या?"

"नहीं तो।"

“वह तुम्हें पहले मारने आई थी क्या?”

“नहीं तो।”

“तुम्हारे ऊपर कोई ज़ुल्म किया था उसने क्या?”

“नहीं तो।”

इस तरह के जवाब सुनकर सभी दंग रह गए।

छिदाम तो बिलकुल व्याकुल हो उठा। उसने कहा–“यह सही बात नहीं बता रही है। बड़ी बहू ने पहले...।”

दारोगा ने उसे कड़ी फटकार लगाकर रोक दिया था। अन्त में उसके काफ़ी जिरह करने पर बार-बार वही एक जवाब मिला। बड़ी बहू की तरफ़ से किसी भी तरह का आक्रमण चंदरा ने किसी भी प्रकार स्वीकार नहीं किया।

ऐसी अदम्य औरत भी नहीं मिलती। एकदम प्राणपण से फाँसी के तख़्ते पर चढ़ने के प्रति तुली थी, किसी भी प्रकार उसको घेरकर रखना सम्भव नहीं था। यह कैसी ख़तरनाक जिद थी। चंदरा मन-ही-मन पति से कह रही थी, ‘मैं तुम्हें छोड़कर अपने इन नवयौवन को लेकर फाँसी के तख़्ते को वरण कर रही हूँ–मेरे इस जीवन का आख़िरी बंधन अब उसी के साथ है।’

बंदिनी होकर वह निरीह सामान्य चंचल विनोद-प्रिय ग्राम-वधू चंदरा कलंक की छाप लेकर अपने जाने-पहचाने ग्राम के रास्ते से रथतला से, बीच हाट के घाट के किनारे से, मजूमदारों के घर के सामने से, पोस्ट ऑफिस तथा पाठशाला के पास से, समस्त परिचित आदमियों के नेत्रों के सामने से गुज़रती सदा के लिए घर छोड़कर चली गई। लड़कों का एक दल पीछे-पीछे चला जा रहा था तथा गाँव की औरतें, उसकी सखी-सहेलियाँ कोई घूँघट में से, कोई द्वार की ओट से, कोई पेड़ की आड़ में खड़ी होकर पुलिस द्वारा चालित चंदरा को देखकर लज्जा, नफ़रत और भय से रोमांचित हो उठीं।

डिप्टी मजिस्ट्रेट के सामने भी चंदरा ने अपना जुर्म स्वीकार कर लिया। और बड़ी बहू ने खून के समय उसके प्रति किसी तरह ज़ुल्म अथवा हमला किया था, यह जाहिर नहीं होने दिया।

लेकिन उस दिन छिदाम साक्ष्य-स्थल पर आते ही एकाएक रो पड़ा तथा हाथ जोड़कर बोला–“दुहाई है हुजूर की, मेरी पत्नी का कोई दोष नहीं है।” हाकिम डाँट

लगाकर उसके उच्छ्वास को ठंडा करके उससे प्रश्न करने लगे। वह एक-एक करके सच्ची घटना बताने लगा।

हाकिम ने उसकी बातों पर विश्वास नहीं किया, क्योंकि प्रधान विश्वस्त प्रतिष्ठित गवाह रामलोचन ने कहा–"खून के थोड़ी देर बाद ही मैं घटना स्थल पर पहुँचा था। साक्षी छिदाम ने मेरे सामने सब कुछ स्वीकार करके मेरे पाँव पकड़कर कहा था–'बहू का कैसे उद्धार करूँ, मुझे कोई तरकीब बताइए।' मैंने भला-बुरा कुछ नहीं कहा। मौजूदा गवाह ने मुझसे कहा था, 'मैं यदि कहूँ कि मेरे बड़े भाई को माँगने पर भात नहीं मिला इसलिए उसने क्रोध की झोंक में पत्नी को मार डाला, तो क्या वह बच जाएगी?' मैंने कहा–'खबरदार हरामज़ादे, अदालत में एक शब्द भी झूठ मत बोलना–इससे बड़ा महापाप और कोई नहीं।' इत्यादि।"

रामलोचन ने पहले तो चंदरा को बचाने के प्रति बहुत-सी बातों की कल्पना की थी, लेकिन जब उसने देखा कि चंदरा खुद अड़कर खड़ी हो गई है तो सोचा–'अरे, अरे बाप रे बाप, अन्त में क्या झूठी गवाही के झंझट में फँसना पड़ेगा। जितना जानता हूँ, उतना ही कहना ठीक है।' यही सोचकर रामलोचन ने वही कहा, जो वह जानता था। बल्कि उससे भी कुछ ज़्यादा कहने में उसने कुछ कसर न छोड़ी।

डिप्टी मजिस्ट्रेट ने मामला सेशन के हवाले कर दिया।

इस बीच में खेती-बाड़ी, हाट-बाज़ार, हास्य-रुदन-व्यक्ति के सभी कार्य चलते रहे। और पिछले सालों की तरह धान के नवीन खेतों में श्रावण की अविरल वृष्टि-धारा बरसने लगी।

खूनी तथा गवाह को लेकर पुलिस अदालत में हाज़िर हुई। सामने बैठे जज की कचहरी में बहुत से व्यक्ति अपने-अपने मुकदमे का इंतज़ार करते हुए बैठे थे। रसोईघर के पिछवाड़े में एक गड्ढे के एक ख़ास भाग को लेकर कलकत्ता के एक वकील आए थे तथा उस प्रसंग में वादी के पक्ष की ओर से उनतालीस गवाह आए हुए थे। सैकड़ों आदमी अपने-अपने पाई-पाई के हिसाब की बाल की खाल निकालने वाली विवेचना करने के प्रति बेचैन होकर आए थे। उनकी धारणा थी कि विश्व में अभी तक उससे बड़ी और कोई घटना कभी नहीं हुई है। छिदाम खिड़की से हर दिन के इस अत्यंत व्यस्ततापूर्ण संसार की तरफ अपलक दृष्टि से देखता रहा है। उसे सारी बातें सपने के समान लग रही हैं। अहाते के विशाल बरगद के पेड़ पर एक कोयल गा रही है, उसके प्रति किसी तरह की कानून-अदालत नहीं।

चंदरा ने जज के सामने कहा–“अजी साहब, एक बात को बार-बार कितनी बार कहूँ।”

जज साहब ने समझते हुए उससे कहा–“जो अपराध तुम स्वीकार कर रही हो, उसकी सज़ा क्या है, तथा तुम क्या जानती हो?”

चंदरा ने जज से कहा–“नहीं।”

जज साहब ने कहा–“उसकी सज़ा फाँसी है।”

चंदरा ने कहा–“अजी साहब, मैं तुम्हारे पाँव पड़ती हूँ, वही सज़ा दे दो न! तुम लोगों की जो इच्छा हो करो, मैं तो अब और सहन नहीं कर सकती।”

जब छिदाम को अदालत में लाया गया, चंदरा ने अपना मुँह फेर लिया। जज ने कहा–“गवाह की तरफ़ देखकर बोलो, यह तुम्हारा कौन लगता है?”

दोनों हाथों से मुँह ढाँपकर चंदरा बोली–“वह मेरा पति लगता है।”

सवाल हुआ–“वह तुम्हें प्यार नहीं करता है क्या?”

जवाब–“नहीं, बड़ा प्यार करता है।”

सवाल–“तुम उसे प्यार नहीं करतीं?”

जवाब–“खूब करती हूँ मैं भी।”

जब छिदाम से पूछा तो छिदाम ने कहा–“यह ख़ून मैंने किया है।”

सवाल–“क्यों?”

छिदाम–“भात माँगा था, बड़ी बहू ने भात नहीं दिया।”

दुखीराम गवाही देने के लिए आते हुए बेहोश होकर गिर पड़ा। बेहोशी टूटने पर उसने जवाब दिया–“साहब, ख़ून मैंने किया है।”

“मगर क्यों?”

“भात माँगा था, भात नहीं दिया।”

विस्तृत जिरह करके तथा अन्यान्य साक्ष्य सुनकर जज साहब को यह बात स्पष्ट समझ में आ गई कि घर की महिला को फाँसी के अपमान से बचाने के प्रति दोनों भाई अपराध क्यों कबूल कर रहे हैं, लेकिन चंदरा पुलिस से लेकर सेशन अदालत तक बराबर एक ही बात कहती चली आ रही है, उसकी बात में ज़रा भी हेर-फेर

नहीं हुआ है। दो वकीलों ने स्वेच्छापूर्वक आगे आकर उसको प्राण-दंड से बचाने के प्रति बहुत कोशिश की, लेकिन आख़िर में हार माननी पड़ी।

जिस दिन नन्ही-सी आयु में एक काली-कलूटी छोटी-सी बालिका अपना गोल-मटोल चेहरा लिए खेलने की गुड़िया पटककर अपने बाप के घर मायके आई थी, उस दिन रात के शुभलग्न के समय आज की इस बात की कल्पना कौन कर सकता था। उसका पिता मरते वक़्त यह कहकर निशिंचत हो गया था–"चलो, अपनी बेटी तो ठिकाने लग गई।"

जेलख़ाने में फाँसी के पहले दयालु सिविल सर्जन ने चंदरा से पूछा–"किसी से मिलना चाहती हो?"

चंदरा ने कहा–"बस एक बार अपनी माँ से मिलना चाहती हूँ।"

डॉक्टर ने कहा–"तुम्हारा पति तुम्हें देखना चाहता है, क्या उसे यहाँ बुलवा लूँ?"

चंदरा ने कहा–"मरने दो उस को।"

***

दुलहिन

बात काफ़ी पुरानी है। मैं बचपन में जिस स्कूल में पढ़ता था, उसमें नीचे के दरजे में पंडित शिवनाथ से हम लोग पहाड़ा पढ़ा करते थे। उनकी दाढ़ी-मूँछें बिलकुल सफाचट, सिर के बाल जड़ से छँटे हुए और फिर उस पर छोटी-सी चोटी शोभायमान होती थी। उन्हें देखते ही सभी लड़कों की तो जान सूख जाती थी।

जीवधारियों में प्रायः यह बात देखने को मिलती है कि जिनके डंक हैं, उनके दाँत नहीं होते। मगर हमारे पंडित जी में दोनों बातें एक-साथ थीं। एक ओर उनके थप्पड़-घूँसे हम पौधों पर ओलों की प्रकार बरसते तो दूसरी ओर कठोर वचन सुनकर सबको छठी की याद आ जाती।

पंडित जी को इस बात का बड़ा अफसोस था कि "गुरु-शिष्य" का ताल्लुक पुराने जमाने जैसा नहीं रहा, विद्यार्थी अब देवता के सम्मुख गुरु की भक्ति नहीं करते। इस प्रकार अपना अफसोस जाहिर करके वे अपनी उपेक्षित देव-महिमा को बालकों के सिर पर ज़ोरों से मढ़ दिया करते, और कभी-कभी गहरी हुँकार भरते, लेकिन उसके भीतर इतनी ओछी बातें मिली रहतीं कि उसे देवता के वज्र की ध्वनि का दूसरा रूप समझ लेने का शक किसी को नहीं होता।

खैर, कुछ भी हो, हमारे स्कूल का कोई भी बच्चा इस तीसरे दरजे के दूसरे विभाग के देवता को इन्द्र, चन्द्र, वरुण और कार्तिक न समझता था। सिर्फ़ एक ही देवता के साथ उनकी बराबरी होती थी, जिसका कि नाम यमराज है, और इतने रोज़ के पश्चात् अब तो यह मानने में कोई कसूर ही नहीं और न डर है कि हम लोग मन-ही-मन चाहते थे कि इस देवालय जाने में अब वे अधिक देर न करें तो अच्छा है।

पर इतना तो हम लोगों ने सही प्रकार जान लिया था कि नरदेवता के समान दूसरी बला नहीं। देवलोक में रहने वाले देवता अल्लम-गल्ला नहीं करते। वृक्ष से मात्र दो-एक फूल तोड़कर चढ़ा लेने से वे प्रसन्न हो जाते हैं, और न दो तो भी तकाज़ा नहीं करते, मगर हमारे पंडित देवता बहुत अधिक की आशा रखते थे और हमसे ज़रा भी गलती हो जाती तो वे लाल-लाल आँखें निकालकर मारने दौड़ते थे। उस वक़्त वे किसी भी ओर से देवता जैसा नहीं दिखाई देते।

लड़कों को परेशान करने के लिए हमारे शिवनाथ पंडित के निकट एक हथियार था, जो सुनने में मामूली लेकिन हक़ीक़त में बहुत ख़तरनाक था। वे लड़कों के नए-नए नाम रखा करते थे। नाम यद्यपि शब्द के अलावा और कुछ भी नहीं, पर आदमी जो अपने से अपने नाम को अधिक चाहता है। अपने नाम की प्रसिद्धि के लिए लोग क्या-क्या मुसीबत नहीं बरदाश्त करते? यहाँ तक कि नाम की हिफ़ाज़त के लिए लोग मरने से भी नहीं चूकते।

नाम पर मर मिटने वाले मनुष्य के नाम को बिगाड़ देना उसकी जान से भी ज़्यादा प्यारी जगह पर चोट पहुँचाना है। और तो क्या, जिसका नाम 'भूतनाथ' है उसे अगर 'नलिनीकान्त' कहा जाए, तो उसके लिए भी यह असहनीय बात है।

इससे एक ख़ास तत्त्व की जानकारी होती है, वह यह कि व्यक्ति चीज़ की अपेक्षा नाचीज़ को अधिक समझता है, यानि, सोने-चाँदी की बनिस्वत बात को, प्राणों की अपेक्षा सम्मान को, अपने नाम को अपने आप से बड़ा मानता है।

मानव-आचरण के अन्दरूनी इस मूढ़ नियम के वश में होकर पंडित जी ने जब शशिशेर का नाम छछून्दर रख दिया, तब वह बेचारा काफ़ी दुखी हुआ। विशेषत: इसलिए उसके दिल में दर्द और भी बढ़ गया कि जब नामकरण की वजह से उसके चेहरे पर ख़ासतौर से गौर किया जाता था। फिर भी उसका बहुत शान्त स्वभाव था, सब बरदाश्त करते हुए, उसे खामोश बैठा रहना पड़ता था।

पंडित जी ने आशुतोष का नाम रखा था "दुलहिन" तथा इस नाम के साथ थोड़ा-सा इतिहास भी है।

आसू अपनी कक्षा में बहुत-ही सीधा-सादा और भोला-भाला लड़का था। वह हमेशा शान्त रहता, लड़ना-झगड़ना तो उसकी जन्मपत्री में ही नहीं लिखा था। बड़ा सजीला था। आयु में भी शायद सबसे छोटा था, सभी बातें सुनकर मुस्करा देता था, मगर पढ़ता खूब था। स्कूल के बहुत से लड़के उसके साथ मित्रता करने के इच्छुक रहते थे। पर वह किसी के साथ खेलता नहीं था। छुट्टी होते ही तुरत-फुरत घर चला जाता था।

दोपहर को एक बजे के वक़्त उसके घर की मेहरी एक दोने में कुछ मिठाई और छोटे-से गिलास से पानी लेकर आया करती। आसू को इसके लिए बड़ी शर्म महसूस होती, वह सोचता कि मेहरी किसी प्रकार घर लौट जाए तो वह जी जाए। वह नहीं चाहता था कि इस बात को कोई जाने कि स्कूल के छात्र के अतिरिक्त वह और भी कुछ है। मानो उसके लिए यह काफ़ी बड़ी छिपाने की बात थी कि वह घर का कोई है, अपने माँ-बाप का लड़का है, भाई-बहनों का भाई है। इस विषय में हमेशा उसका यही प्रयास रहता कि कोई लड़का उसकी कैसी भी बात जान न ले।

पढ़ने-लिखने में उसकी कोई गलती नहीं होती थी, सिर्फ़ किसी-किसी दिन स्कूल आने में ज़रा कुछ देर हो जाया करती थी। शिवनाथ पंडित जब उससे कारण पूछते, तो उसका कोई सही जवाब न दे सकता था। इसके लिए कभी-कभी उसे बड़ी फटकार सहनी पड़ती थी। पंडित जी उसे घुटनों पर हाथ रखकर पीठ नीची करके दालान की सीढ़ियों पर खड़ा कर देते थे, और चारों कक्षाओं के लड़के उस शर्मीले लड़के को उस हालत में देखा करते थे।

एक रोज़ ग्रहण की छुट्टी थी। उसके दूसरे दिन, स्कूल में चौकी पर बैठे हुए पंडित जी ने देखा कि एक सिलेट तथा स्याही लगे बस्ते में पढ़ने की पुस्तक लपेटे हुए, और दिनों की बनिस्वत सिकुड़े भाव से, आसू क्लास में घुस रहा है।

शिवनाथ पंडित ने सूखी हँसी हँसते हुए पूछा–"अच्छा 'दुलहिन' आ गई क्या?" पढ़ाई समाप्त होने पर छुट्टी होने के पहले उन्होंने सब लड़कों को सम्बोधन करके कहा–"सुनो रे, सब कोई सुनो....।"

पृथ्वी की सभी मध्याकर्षण शक्ति ज़ोरों से बालक को नीचे की और खींचने लगी, फिर भी छोटा-सा आसू अपनी बेंच पर धोती का एक छोर और दोनों पैर लटकाए हुए सब लड़कों का लक्ष्य स्थान बना बैठा रहा। अब तक तो आसू की काफ़ी आयु हो चुकी होगी और उसके जीवन में बहुत-से भारी-भारी सुख-दुःख और शर्म के दिन भी आए होंगे, किन्तु उस दिन के मासूम हृदय के इतिहास के साथ और किसी दिन की तुलना नहीं हो सकती। हालाँकि बात काफ़ी छोटी-सी है और दो शब्दों में ख़त्म हो जाती है, फिर भी यह तो मानना ही पड़ेगा कि उसमें एक राज़ है।

आसू की छोटी बहन थी, उसके बराबर की कोई साथिन अथवा बहन न थी, इसलिए वह हमेशा आसू के साथ ही खेला करती थी।

लोहे की रेलिंग से घिरा हुआ गेट वाला आसू का घर है। सामने गाड़ी ठहरने के लिए बरांडा भी है। उस रोज़ तेज़ वर्षा हो रही थी। जूते हाथ में लिए सिर पर छतरी ताने जो दो-चार आदमी सामने से आ-जा रहे थे, उन्हें किसी भी तरफ़ देखने की फुर्सत न थी। बादलों के उस अँधेरे में, वर्षा के झमझम स्वर में, तमाम दिन की खुशी में, गाड़ी-बराँडे के नीचे की सीढ़ियों पर बैठा आसू अपनी बहन के साथ खेल में मसरूफ़ था।

उस दिन उनके गुड्डा-गुड़ियों की शादी थी। उसी की तैयारी के विषय में आसू बहुत ही गम्भीरता के साथ अपनी बहन को उपदेश दे रहा था।

अब प्रश्न उठा कि पुरोहित किसे बनाया जाए? बालिका चट से दौड़ी गई और सामने खड़े एक व्यक्ति से पूछने लगी—"क्योंजी, तुम हम लोगों के पुरोहित बनोगे?" आसू ने पीछे मुख फेरकर देखा कि शिवनाथ पंडित अपनी भीगी छतरी समेटे पानी से तरबतर बरामदे में खड़े हैं। रास्ते से जा रहे थे, बारिश अधिक होने से यहाँ ठहर गए हैं। लड़की उनसे पुरोहित बनने के लिए हठ कर रही है।

पंडित जी को देखते ही आसू अपने खेल और बहन, दोनों को छोड़-छाड़कर काफ़ी तेज़ी से दौड़कर मकान के भीतर भाग गया। उसका छुट्टी का दिन बिलकुल ही मिट्टी में मिल गया।

दूसरे रोज़ शिवनाथ पंडित ने जब सूखी हँसी के साथ भूमिका के रूप में इस घटना का उल्लेख करके आसू का नाम 'दुलहिन' रख दिया, तब उसने, पहले जैसे सभी बातों में मुस्करा देता था, वैसे ही मुस्कराकर, अपने चारों ओर की हँसी में शामिल होने का प्रयास किया। इतने में घंटा बज गया, सब कक्षाओं के बच्चे बाहर चले गए, और एक कोने में थोड़ी-सी मिठाई और चमकते हुए फूल के गिलास में पानी लिए हुए महरी दरवाज़े पर आ खड़ी हुई।

उस वक़्त हँसते-हँसते उसका मुख और कान लाल हो उठे, दर्द की अधिकता में डूबे माथे की नसें फूल गयीं, तेज़ी से निकलते हुए आँसू रोके नहीं रुक सके। पंडित जी आरामघर में जलपान करके थके दिल से हुक्का पीने में मस्त हो गये। लड़के बड़े मज़े से आसू को घेरकर 'दुलहिन', 'दुलहिन' कहकर शोर मचाने लगे। छुट्टी के रोज़ का अपनी छोटी बहन के साथ खेला हुआ वह खेल आसू की नज़र में अपने जीवन का एक सबसे बढ़कर शर्म से भरा भ्रम मालूम होने लगा। उसे विश्वास ही न हुआ कि दुनिया के व्यक्ति कभी भी उस दिन की घटना को भूल जाएँगे।

***

धन की भेंट

गुस्से में भरकर वृन्दावन कुण्डू अपने पिता के समीप आकर कहने लगा–"इसी वक़्त मैं आपसे विदा होना चाहता हूँ।"

उसके पिता जगन्नाथ कुण्डू ने क्रोध तथा नफ़रतभरे नज़रिये से देखते हुए कहा–"अभागे! कृतघ्न मैंने जितना भी रुपया तेरे पालन-पोषण पर ख़र्च किया है, उसे चुका कर ही ऐसी धमकी देना।"

जिस तरह का खान-पान जगन्नाथ के घर चला करता था, ऐसे खाने पर कुछ ज्यादा धन ख़र्च न होता था। भारत के प्राचीन ऋषि मितव्ययता के लिए ऐसी ही चीज़ों का प्रबन्ध कर लिया करते थे। जगन्नाथ के बर्ताव से मालूम होता था कि वह इस विषय में उन ऋषियों ही के आदर्शों पर चलाना पसन्द करता था अपनी औलाद को। यद्यपि वह पूर्णरूप से इस आदर्श को निवाहने में असमर्थ था। इसकी वजह कुछ यह समझी जा सकती है कि जिस संसार में उसका रहन-सहन था वह अपने पुराने आदर्शों को शरीर के साथ मिलाये रखने के विषय में प्रकृति की उत्तेजना तीव्र तथा युक्तियुक्त-संगत थी।

जब तक वृन्दावन अविवाहित था, उनका निर्वाह जैसे-तैसे चलता रहा, लेकिन विवाह के बाद उसने हद से बाहर इस उत्तम और सुंदर आदर्श को, जो उसके महामना पिता ने बनाकर रखा था, छोड़ना आरम्भ कर दिया। ऐसा मालूम होता था कि सांसारिक सुख-ऐश्वर्य के सम्बन्ध में उसके ख़याल आध्यात्मिकता से शारीरिकता की ओर बदल रहे हैं और खाने-पीने की न्यूनता से उसे भूख-प्यास, सर्दी-गरमी आदि जो परेशानियाँ भी सामने आती रहीं, उसने उन्हें सहना पसन्द न करके दुनिया के साधारण व्यक्तियों के आचरण का अनुकरण करना शुरू कर दिया।

जब से वृन्दावन ने अपने पिता के निर्मित उच्च आदर्श का बलिदान किया, तभी से पिता तथा पुत्र में झगड़ा आरम्भ हो गया। इस कलह ने चरम सीमा का रूप उस समय धारण किया, जब वृन्दावन की पत्नी ज्यादा बीमार हुई और उसकी चिकित्सा के लिए एक वैद्यराज बुलाया गया। यहाँ तक का व्यवहार भी माफ करने के योग्य था, किन्तु जब वैद्यराज ने रोगी के लिए अधिक रुपयों की दवाई का निर्णय किया, तो जगन्नाथ ने समझ लिया कि वैद्यराज अयोग्य है, और वैद्यक के नियमों से बिलकुल अनजान। बस उसने उसी वक़्त उनको घर से बाहर निकलवा दिया। वृन्दावन ने पहले तो पिता से काफ़ी अनुनय-विनय की कि दवाई जारी रहे–फिर झगड़ा भी किया, लेकिन पिता के कान पर जूँ तक न रेंगी। अन्त में जब पत्नी स्वर्ग सिधार गई तो वृन्दावन का क्रोध अधिक बढ़ गया तथा उसने अपने पिता को उसका प्राण-घातक ठहराया।

जगन्नाथ ने स्वभावानुसार उसको समझाने की बहुत कोशिश की और कहा–"तुम कैसी नासमझी की बातें करते हो? क्या लोग विभिन्न तरह की औषधि खाकर नहीं मरते, अगर मूल्यवान औषधियाँ ही मनुष्य को जीवित रख सकतीं तो बड़े-बड़े राजा-महाराजा क्यों मरते? इससे पहले तुम्हारी माँ तथा दादी मर चुकी हैं, बहू मर गई तो क्या हुआ? समय आने पर हरएक को इस दुनिया से जाना पड़ता है।"

वृन्दावन अगर इस तरह दुखी और सचेत होकर वास्तविक परिणाम पर पहुँचने में योग्य न होता तो सम्भव था कि वह इन बातों से कुछ सान्त्वना हासिल कर लेता। इससे पहले मरने के वक़्त उसकी माँ और दादी ने दवाई न पी थी, और औषधि सेवन न करने का यह रिवाज बहुत पहले से इस खानदान में चला आया है। नई पौध का चरित्र इतना बिगड़ चुका है कि वह पुराने तरीक़े पर मरना भी पसन्द नहीं करती।

जिस युग की चर्चा हम कर रहे हैं, उन दिनों अंग्रेज़ भारत में नये-नये आये थे, मगर उस वक़्त भी इस देश के बड़े-बूढ़े अपनी-अपनी औलाद की आदत की खिलाफतपन के ढंग पर आश्चर्य तथा विकलता प्रकट किया करते और आख़िर में जब उनकी एक न चलती तो अपने मुँह में लगे हुए हुक्कों से सान्त्वना हासिल करने की कोशिश करते। वास्तविकता यह है कि जिस वक़्त मामला चरम-सीमा को पहुँच गया तो वृन्दावन से न रहा गया तथा उसने आवेश और विकलता के साथ अपने पिता से कहा–"मैं जाता हूँ।"

पिता ने उसे दृढ़ देखकर उसी वक़्त आज्ञा दे दी।

उन्होंने घोषणा करते समय कह दिया—"चाहे देवता मेरे तरीक़े को गौ-हत्या के समान क्यों न समझें, मैं सौगन्ध खाकर कहता हूँ कि तुम्हें अपनी धन-दौलत में से एक कौड़ी भी नहीं दूँगा।"

"अगर मैं तुम्हारी एक पाई तक को भी हाथ लगाऊँ तो उस आदमी से भी नीच होऊँगा जो अपनी माँ को बुरे भाव से देखता है।" वृन्दावन के मुँह से क्रोध में निकल गया।

गाँव के निवासियों ने अपने जैसे विचारों के लम्बे-चौड़े वाद-विवाद के बाद उस छोटे-से परिवर्तन भरे झगड़े को संतोषपूर्वक देखा। जगन्नाथ ने चूँकि अपने बेटे को अपनी सम्पत्ति से वंचित कर दिया था, अतः प्रत्येक आदमी उसे सान्त्वना देने का प्रयास कर रहा था। वे सब इस विषय में सहमत थे कि सिर्फ़ पत्नी की ख़ातिर पिता के साथ झगड़ा करने का दृश्य इस नये युग में ही देखा जा सकता है। इसके सम्बन्ध में वे खुद जो कारण बताते थे वे भी बहुत असंगत थे। उनका कहना था कि अगर किसी की पत्नी मर जाये तो बड़ी सरलता से दूसरी हासिल कर सकता है, पिता मर जाये तो विश्वभर की धन-दौलत के बदले में भी उसे हासिल नहीं किया जा सकता।

इस बात में संदेह नहीं कि उनका उपदेश हर तरह से ठीक था, किन्तु हमें संदेह है कि दूसरा पिता हासिल करने की पीड़ा उस पथ-भ्रष्ट बेटे को कहा तक प्रभावित कर सकती थी। इसके खिलाफ हमारा विचार यह है कि ऐसा मौक़ा आता तो वह उसे ईश्वरीय अनुकम्पा में सम्मिलित समझता।

वृन्दावन के अलग होने का दुःख उसके पिता जगन्नाथ को ज़रा भी महसूस न हुआ था। इसके कुछ विशेष कारण थे। एक तो यह कि उसके जाने से घर का ख़र्च कम हो गया, दूसरे मन से एक भारी फ़िक्र दूर हो गई, हर समय उसे इस बात का भय रहता था कि मेरा बेटा मुझे ज़हर देकर न मार दे। जब कभी वह अपना थोड़ा-सा भोजन करने बैठता तो यही विचार उसे परेशान कर देता कि इसमें ज़हर न मिला हुआ हो? यही चिन्ता किसी हद तक वृन्दावन की पत्नी का स्वर्गवास हो जाने पर दूर हो गई थी, मगर अब वह बिलकुल ही न रही।

जिस तरह घने औंधियारे बादलों में चमकीली बिजली तथा भयंकर तूफानी समुद्र में बहुमूल्य रत्न विद्यमान रहते हैं, उसी तरह बूढ़े जगन्नाथ के कठोर हृदय में भी

एक कमज़ोरी बाकी थी। वृन्दावन जाते वक़्त अपने साथ चारवर्षीय पुत्र गोकुलचन्द को भी ले गया था। चूँकि उसकी ख़ुराक तथा वस्त्रों का ख़र्च बहुत कम था, इसलिए जगन्नाथ को उससे बहुत प्यार था। जाते वक़्त जब वृन्दावन उसे अपने साथ ले गया तो सबसे पहले दु:ख तथा पछतावे की अपेक्षा उसने अपने दिल में हिसाब लगाना शुरू किया कि इन दोनों के चले जाने से ख़र्च में कितनी कमी हो जाएगी। इस बचत की सालाना रकम कहाँ तक पहुँचेगी और इस बचत को अगर किसी रकम का सूद समझा जाए तो उसका मूलधन कितना हो सकेगा?

जब तक गोकुलचन्द घर में था वह अपनी चंचलता से जगन्नाथ का ध्यान अपनी तरफ़ आकर्षित रखता था, लेकिन उसके चले जाने पर कुछ दिनों में ही बूढ़े को ऐसा अनुभव होने लगा कि घर काटने को दौड़ता है। इससे पहले जिस वक़्त जगन्नाथ पूजा-पाठ में तल्लीन होता तो गोकुलचन्द उसे छेड़ा करता। भोजन करते वक़्त उसके आगे से रोटी या चावल उठाकर भाग जाता और ख़ुद खा लेता और जब वह आय-व्यय लिखने बैठता तो उसकी दवात लेकर दौड़ जाता, मगर अब उसके चले जाने पर ये सब बातें भी दूर हो गईं। ज़िन्दगी के रोज़ाना का क्रियाकर्म उसे भार अनुभव होने लगा। उसे ऐसा मालूम होता था कि इस तरह का विश्राम भविष्य में संसार में ही सहन किया जा सकता है। जब कभी वह गोकुल की चंचलता को याद करता तो रजाइयों में उसके हाथ में छेदों या दरी पर कलम-दवात से उसके बनाए हुए भद्दे चित्रों को देखता तो उसका मन मारे कष्ट के व्याकुल हो जाता। जगन्नाथ को अपने सोने के कमरे में एक कोने के भीतर पड़ी हुई पुरानी धोती के टुकड़े दिखाई पड़े, तो एकदम उसके नेत्रों से आँसू बह निकले। वह धोती थी जिसे गोकुल ने दो साल के थोड़े वक़्त में फाड़ दिया था, तो जगन्नाथ ने उसे झिड़का और बुरा-भला कहा था। मगर अब उसने इन टुकड़ों को उठाकर बड़ी सावधानी से अपने सन्दूक में रख लिया और इसकी शपथ खा ली कि अगर गोकुल उसके जीते-जी फिर कभी वापस आ गया तो चाहे वह हर वर्ष एक धोती फाड़े, वह उससे कभी नाराज़ न होगा।

लेकिन गोकुल को न वापस आना था, न आया। गरीब जगन्नाथ दिन-प्रतिदिन बूढ़ा होता जा रहा था और उसको खाली घर अधिक-से-अधिक डरावना लगने लगा था।

अन्त में दशा यहाँ तक पहुँची कि वह सन्तोष से घर में बैठ भी न पाता। मध्याह्न वक़्त जब गाँव के सब लोग अपने-अपने घरों में सोए होते तो जगन्नाथ नारियल

हाथ में लिये गलियों में घूमता दिखाई देता। गाँव के लड़के जब कभी उसे अपनी तरफ़ आता देखते तो खेल छोड़कर दूर जा खड़े होते और इस तरह पद्य-पंक्ति गाने लगते जिसमें एक स्थानीय कवि ने वृद्ध जगन्नाथ की मितव्ययी आदत की प्रशंसा की थी। कोई आदमी डर के मारे उसका वास्तविक नाम इस भय से ज़बान पर न लाता कि कहीं उसे उस रोज़ अन्न-जल हासिल न हो। अत: लोगों ने उसके अनेक प्रकार के नाम रख रखे थे। वृद्ध उसे जगन्नाथ कहा करते थे, लेकिन मालूम नहीं छोटे लड़के उसे चिड़ियल क्यों कहते थे। सम्भव है, इसका कारण यह हो सकता है कि उसकी त्वचा शुष्क तथा शरीर रक्तहीन दिखाई देता था। इन्हीं वजहों से वह प्रेत आत्माओं के जैसा समझा जाने लगा।

एक दिन दोपहर बाद जब जगन्नाथ स्वभावानुसार गाँव की गलियों में आम के छतनारे पेड़ों के नीचे अपना नारियल हाथ में लिये घूम रहा था। उसने देखा कि लड़का जो देखने में अजनबी मालूम होता था, गाँव के लड़कों का सरदार बना हुआ है तथा उन्हें कोई नई शरारत समझा रहा है। उसके महान चरित्र तथा उसकी कुशाग्र बुद्धि से प्रभावित होकर सब लड़कों ने इस बात का नियम कर लिया था कि प्रत्येक कार्य में उसकी आज्ञानुसार आचरण करेंगे। दूसरे लड़कों की भाँति वह बूढ़े जगन्नाथ को अपनी तरफ़ आता देखकर डर से भागा नहीं, बल्कि उसके समीप जाकर चादर झाड़ने लगा। उसी वक़्त चादर में से एक जीवित छिपकली निकलकर बूढ़े के शरीर पर गिरी और उसकी पीठ की ओर से नीचे उतरकर वन की तरफ़ भाग गई। डर से वृद्ध के हाथ-पाँव काँपने लगे। यह देखकर सब लड़के बहुत खुश हुए और प्रसन्नता से उच्च स्वर में बेहूदा नारे लगाने लगे। वृद्ध जगन्नाथ बड़बड़ाता और गालियाँ देता हुआ बहुत दूर निकल गया, किन्तु वह अंगोछा जो प्राय: उनके कंधों पर पड़ा रहता था, अचानक गायब हो गया तथा दूसरे ही क्षण वह उस अपरिचित लड़के के सिर पर बँधी हुई पगड़ी के रूप में दिखाई देने लगा।

लड़के की तरफ़ से इस तरह की चेष्टा देखकर जगन्नाथ पहले तो कुछ चिन्तित हुआ, फिर वह गाँव की रोज़ाना की कठोरता को इस तरह पराजित होते देखकर प्रसन्न भी हुआ। काफ़ी दिनों से लड़के उसकी छाया ही देखकर दूर भाग जाया करते थे तथा उसे उनसे बोलने तथा बातचीत करने का अवसर भी न मिलता था। अपरिचित लड़का इस शरारत के बाद दूर भाग गया था, किन्तु बहुत-से वचन और सान्त्वना देने के बाद। वह उस वृद्ध के नजदीक आया। फिर दोनों में निम्न बात होने लगीं–

“बेटा, तुम्हारा क्या नाम है?”

“मेरा नाम नितईपाल है।”

“तुम्हारा घर कहाँ है?”

“मैं नहीं बताऊँगा अपना घर।”

“तुम क्यों नहीं बतलाओगे

“क्योंकि मैं घर से भागकर यहाँ आया हूँ।”

“घर से भागे क्यों थे?”

“मेरा पिता मुझे स्कूल जाने को कहता था इसीलिए।”

“जगन्नाथ के मन में विचार आया, ऐसे होनहार लड़के को स्कूल भेजना कैसी व्यर्थ की बात है? वह कैसे लड़के के भविष्य के परिणाम की तरफ़ आँखें बंद रखने वाला पिता होगा, जो इसे स्कूल भेजना चाहता है।”

थोड़ी ही देर बाद वह कहने लगा–“अच्छा क्या तुम मेरे घर रहना पसन्द करोगे?” लड़के ने जवाब दिया–“क्यों नहीं।”

उसी दिन से वह लड़का उसके घर रहने लगा। उसे घर में प्रवेश करते हुए इतना भी डर न हुआ, जितना अँधेरे में किसी पेड़ के नीचे जाने से हो सकता है। इतना ही नहीं, बल्कि उसने अपने कपड़े और भोजन के विषय में ऐसे निर्भयतापूर्ण ढंग से प्रश्न करने शुरू किये जैसे वह उस घर में वर्षों से परिवार का अंग रहा हो। यदि कोई वस्तु उसकी मनपसन्द न होती तो वह जगन्नाथ से झगड़ा आरम्भ कर देता। जगन्नाथ अपने बेटे को तो डरा-धमका भी लेता, लेकिन उसे बस में लाना आसान न था। उसे उसकी हर एक बात माननी पड़ती।

गाँव के लोग आश्चर्य में थे कि जगन्नाथ ने नितईपाल को क्यों इस तरह सिर पर चढ़ा रखा है। यह सर्वविदित था कि वृद्ध कुछ दिन नहीं तो कुछ सप्ताह का मेहमान है और वे इस बात को सोचकर बहुत चिन्तित होते थे कि उसके स्वर्ग सिधारने पर उसकी सम्पत्ति का अधिकारी यही लड़का होगा। वे सब इस बात पर लड़के से जलने लगे थे। उन्होंने यह भी फैसला कर लिया था कि उसे नुकसान पहुँचाने की कोशिश करेंगे, लेकिन जगन्नाथ उसकी ऐसी निगरानी रखता था जैसे वह उसकी रीढ़ की हड्डी हो।

कभी-कभी लड़का धमकी देकर कहता–“मैं अपने घर चला जाऊँगा।” ऐसे मौके पर वृद्ध लोभ-लालच का जाल बिछाकर कहता–“मैं अपनी सारी दौलत तुमको ही दे दूँगा।” लड़का हर तरह से कम आयु का था, तब भी इस वचन के महत्त्व को बखूबी समझता था।

गाँव वालों से और कुछ न हो सकता तो उन्होंने उस लड़के के बाप के सम्बन्ध में जाँच शुरू की। उनको यह सोचकर बहुत दुःख होता था कि उसके माता-पिता उसकी याद में दुखी होंगे। लड़का बड़ा ही चंचल है, जो उन्हें इस तरह छोड़कर भाग आया। वे इसे हज़ार-हज़ार गालियाँ देते होंगे। लेकिन ये सब बातें वे जिस आवेश में करते थे इससे साफ पता होता था कि वे न्याय नहीं ईर्ष्या से काम ले रहे हैं।

वृद्ध को एक दिन किसी बटोही की जबानी ज्ञात हुआ कि दामोदर पाल अपने बेटे की खोज में पास के गाँवों तथा कस्बों में फिर रहा है, और कुछ ही वक़्त में वह इस गाँव में आने वाला है। नितई ने जब यह बात सुनी तो सहज भाव से उसके प्रेम मन में आवेश आया। वह उद्विग्नता की स्थिति में धन-दौलत छोड़कर अपने पिता के पास जाने को तैयार हो गया। जगन्नाथ उसे रोकने के लिए हरएक सम्भव ढंग से कोशिश करता था। अत: उसने कहा–“तुम अपने पिता के पास जाओगे तो वह तुम्हें पीटेगा, मैं तुम्हें एक ऐसे स्थान पर छिपा दूँगा कि किसी को भी तुम्हारा पता न मिल सकेगा, यहाँ तक कि गाँव वाले भी पता न कर सकेंगे।”

इस बात से लड़के के मन में आश्चर्य उत्पन्न हुआ तथा कहने लगा–“बाबा! मुझे कहाँ छिपाओगे? भला वह जगह तो तुम दिखा दो।”

जगन्नाथ ने जवाब दिया–“यदि वह स्थान मैं इस समय दिखा दूँ तो लोगों को ख़बर हो जाएगी, रात हो जाने दो।” सभी बच्चों में आश्चर्यजनक जगह की उत्कट लालसा होती है, नितई भी उसी प्रकार यह बात सुनकर खुश हुआ। उसने अपने हृदय में विचारा कि जब मेरे पिता मेरी खोज करने के बाद वापस चले जायेंगे तो मैं दौड़ लगाकर लड़की के साथ उस जगह पर आँख-मिचौनी खेला करूँगा तथा कोई मालूम न कर सकेगा कि मैं कहाँ छिपा हूँ–वास्तव में उस वक़्त बड़ा आनन्द आयेगा। पिता जी पूरा गाँव छान मारेंगे तथा मुझे कहीं न पा सकेंगे, बड़ी दिल्लगी होगी।

दोपहर बाद के वक़्त जगन्नाथ लड़के को कुछ समय के लिए घर में बंद करके कहीं चला गया। उसके वापस आने पर नितई ने उससे इतने सवाल किए कि वह परेशान हो गया।

अन्त में जब रात हुई तो नितई कहने लगा—“बाबा, अब तो वह जगह मुझे दिखा दो।”

जगन्नाथ ने ज़बाब दिया—“अभी रात नहीं हुई।”

इसके कुछ वक़्त बाद लड़के ने फिर कहा—“बाबा, अब रात बहुत हो गई है, अब तो चलो।”

जगन्नाथ ने धीरे से कहा—“अभी गाँव के मानव सोए नहीं हैं।”

फिर नितई एक क्षण के लिए रुका और बोला—“बाबा! इस समय तो सब लोग सो गये हैं, आओ अब चलें।”

रात बहुत बीत चुकी थी। गरीब लड़का इतनी देर तक कभी न जागा था, इसलिए उसको जागे रहने में बड़ी कठिनाई पड़ रही थी। अन्त में आधी रात के वक़्त जगन्नाथ लड़के की बाँह पकड़कर खाली गाँव की अँधेरी गलियों से रास्ता टटोलता बाहर निकला। सब दिशाएँ सूनी थीं, चारों ओर सूनापन था, कभी-कभी कोई कुत्ता भौंकने लगता तो और भी उसके साथ मिलकर भौंकना शुरू कर देते। इसके अलावा कहीं-कहीं उसके पैरों की आहट से कोई पक्षी वृक्ष की टहनी से पंख फड़फड़ाता हुआ उड़ जाता। नितई डर से काँप रहा था लेकिन जगन्नाथ ने उसका हाथ मजबूती से पकड़ा हुआ था। कई खेतों से होकर आख़िर में ये लोग जंगल में घुस गए। यहाँ एक पुराना मन्दिर खड़ा हुआ था। जिसमें कभी भी देवता की मूर्ति दिखाई न पड़ती थी।

नितई ने उसे देखकर निराशाभरे स्वर में कहा—“बस, सही स्थान था?”

यह स्थान उसकी सभी कल्पनाओं से भिन्न था, क्योंकि उसमें कोई आश्चर्य की बात न थी। जब से वह घर से भागा था अनेक बार ऐसे खंडहर मन्दिरों में रातें बिता चुका था। इतना होने पर भी आँख-मिचौनी खेलने के लिए यह जगह सुंदर थी; अर्थात् ऐसी कि उसके साथ खेलने वाले लड़के यहाँ उसकी खोज न कर सकते थे।

जगन्नाथ ने फर्श के मध्य से एक पत्थर की शिला उठाई। उसके नीचे आश्चर्यचकित लड़के को एक तहखाना दिखाई दिया, जिसमें एक धीमा-सा दीप जल रहा था। डर और आश्चर्य से दोनों बातें उसके मन पर जमी हुई थी। अन्दर एक बाँस की सीढ़ी खड़ी थी। जगन्नाथ नीचे उतरा तथा नितई भी उसके पीछे-पीछे हो लिया।

नीचे उतरकर लड़के ने इधर-उधर देखा तो उसे चारों तरफ़ पीतल के टोकने पड़े हुए दिखाई दिए। उसके बीच में एक आसन बिछा हुआ था तथा सामने थोड़ा सिन्दूर, घिसा हुआ चंदन, कुछ जंगली फूल तथा पूजा की बची सामग्री रखी हुई थी। लड़के ने अपनी जिज्ञासा पूर्ति के प्रति उस टोकनों में से कुछ के अन्दर हाथ डाला और जब बाहर हाथ निकालकर देखा तो मालूम हुआ कि उनमें रुपये तथा सोने की मोहरें भरी हैं। इतने में वृद्ध जगन्नाथ ने नितई से कहा—"नितई, मैंने कहा था न कि मैं अपनी सारी दौलत तुम्हें दे दूँगा, मेरे पास कोई ज़्यादा धन नहीं है, किन्तु जो कुछ भी है वह इन पीतल के टोकनों में भरा है तथा यह सब मैं आज तुम्हारे हवाले करना चाहता हूँ।"

नितई प्रसन्नता की अधिकता के मारे उछल पड़ा और बोला—"सच! क्या तुम इसमें से एक रुपया भी अपने पास न रखोगे?"

वृद्ध ने जवाब दिया—"अगर मैं इसमें से कुछ लूँ तो ईश्वर करे मेरा यह हाथ कोढ़ी हो जाए—लेकिन यह धन मैं तुम्हें एक शर्त पर देता हूँ। यदि कभी मेरा पोता गोकुलचन्द या उसका भी पोता या परपोता या उसकी सन्तान में से कोई भी इस रास्ते से होकर जाये तो तुम्हारे लिए ज़रूरी होगा कि यह सारी सम्पत्ति उसको सौंप दो।"

लड़के ने थोड़ा ध्यान से सोचा और पक्के इरादे के साथ सोचा कि बूढ़ा पागल हो गया है। फिर कहने लगा—"बस, तो इस जगह पर बैठ जाओ।"

"मगर क्यों?"

"तुम्हारी पूजा की जाएगी इसीलिए।"

लड़के ने हैरत से पूछा—"यही रीति है क्या?"

वृद्ध ने जवाब दिया—"हाँ, यही रीति है।"

लड़का उछलकर फ़ौरन आसन पर बैठ गया। वृद्ध जगन्नाथ ने उसके माथे पर चन्दन लगाया, भौंहों के बीच सिन्दूर की बिन्दी लगा दी, जंगली फूलों का हार उनके गले में डाला तथा कुछ मन्त्र उच्चारण करने लगा।

बेचारा नितई देवता की तरह आसन पर बैठा-बैठा बोर हो गया, क्योंकि उसकी पलकें नींद से भारी हो रही थीं। अन्त में उसने घबराकर कहा—"बाबा!"

लेकिन जगन्नाथ उत्तर दिए बिना ही मंत्रों का उच्चारण करता रहा।

आख़िर में उसके मंत्रों का सिलसिला समाप्त हुआ और जगन्नाथ ने बड़ी मुश्किल से एक टोकने को खींचकर लड़के के सम्मुख रखा तथा ये शब्द विवशता से उसके मुँह से कहलवाये—"मैं ईमानदारी से प्रतिज्ञा करता हूँ कि इस सारी धन-सम्पत्ति को गोकुलचन्द कुण्डू के बेटे, पोते, परपोते अथवा उसकी संतान के किसी आदमी को जो इसका हक़ीक़तन और योग्य उत्तराधिकारी होगा, दे दूँगा।"

कई बार शब्दों के कहने में भोले लड़के की चेतना जाती रही तथा कंठ सूखने लगा।

जैसे-तैसे यह रीति ख़त्म हुई, गुफा की हवा दीपक के धुएँ तथा उन दोनों के साँस की वजह से बुरी मालूम होने लगी। नितई को अपना कंठ मिट्टी की प्रकार सूखा तथा हाथ-पैर जलते हुए अनुभव हो रहे थे। बेचारे का दम घुटा जा रहा था।

धीरे-धीरे दीपक की रोशनी मद्धिम होती जा रही थी। यहाँ तक कि दीपक आख़िरी झोंका खाकर बुझ गया। इसके बाद अँधेरा फैल गया। नितई को ऐसा लगा कि वृद्ध जल्दी-जल्दी सीढ़ी से ऊपर चढ़ रहा है। उसने घबराकर पूछा—"बाबा, तुम कहाँ जा रहे हो?"

जगन्नाथ ने लगातार ऊपर की तरफ़ चढ़ते हुए उत्तर दिया—"मैं अब जाता हूँ, तुम यहाँ रहो, यहाँ तुम्हें कोई न ढूँढ़ सकेगा। वृन्दावन के बेटे तथा जगन्नाथ के पोते गोकुलचन्द का नाम याद रखना।"

इसके बाद उसने ऊपर जाकर सीढ़ी खींच ली। लड़के ने अवरुद्ध तथा दयनीय स्वर में कहा—"मैं अब अपने पिता के पास जाना चाहता हूँ, यहाँ मुझे भय लगता है।"

जगन्नाथ ने उसकी परवाह न करते हुए गुफा के मुँह पर पत्थर की शिला रख दी। इसके बाद दोनों जंघाओं को मोड़कर झुका तथा अपने कान पत्थर के पास लगाकर सुनने लगा। अन्दर से आवाज़ आई, "बाबा जी!" फिर किसी भारी चीज़ के फर्श पर गिरने की आवाज़ सुनाई दी तथा इसके बाद गहरी ख़ामोशी छा गई।

बूढ़े जगन्नाथ ने इस तरह अपना धन उसको सौंपकर जल्दी-जल्दी पत्थर के ऊपर मिट्टी डालनी आरम्भ कर दी। उस पर उसने टूटी-फूटी ईंट और चूना रख दिया तथा फिर मिट्टी बिछाकर उसमें जंगली घास तथा बूटियों की जड़ें खड़ी कर दीं।

रात सम्भवत: ख़त्म हो चुकी थी, लेकिन वह उस जगह से हटकर घर न जा सका, रह-रहकर अपना कान पृथ्वी पर लगाता और आवाज़ सुनने की कोशिश

करता। ऐसा मालूम होता था कि अब भी उस गुफा के भीतर या पृथ्वी की असीम गहराइयों में से एक वेदनायुक्त क्रन्दन सुनाई दे रहा है। उसे ऐसा भान होता था कि रात में आसमान पर सिर्फ़ वही एक आवाज़ छाई हुई है और विश्व के सब आदमी उस आवाज़ से जागकर बिस्तरों में बैठे उसे सुनने का प्रयत्न कर रहे हैं।

पागल वृद्ध जोश में आकर ज्यादा मिट्टी डाले जाता था। वह चाहता था कि उस आवाज़ को दबा दे, मगर इस पर भी रह-रहकर वह आवाज़ उसके कानों में आ रही थी–"बाबा जी! हाय बाबा जी।"

उसने पूरी शक्ति से धरती पर पाँव मारकर चीखते हुए कहा–"चुप रहो, लोग तुम्हारी आवाज़ सुन लेंगे।"

फिर भी उसे मालूम हुआ कि 'हाय बाबा जी! हाय बापू!' की आवाज़ें रह-रहकर सुनाई दे रही थीं।

इतने में सूरज निकल आया तथा जगन्नाथ कुण्डू मन्दिर को छोड़कर खेतों की तरफ़ आ गया।

वहाँ भी किसी ने उसके पीछे से आवाज़ दी–"बापू!" घबराहट की स्थिति में जगन्नाथ ने पीछे फिरकर देखा तो उसका लड़का वृन्दावन था।

वृन्दावन कहने लगा–"मुझे मालूम हुआ है कि मेरा लड़का आपके घर में छिपा हुआ है, उसे मुझे दे दो।"

यह सुनकर वृद्ध के नेत्र चौड़े हो गए, मुँह खुला-का-खुला रह गया तथा उसने मुड़कर पूछा–"क्या कहा? तुम्हारा लड़का...!"

वृन्दावन ने कहा–"हाँ, मेरा लड़का गोकुल, अब उसका नाम नितईपाल है और मैंने अपना नाम बदलकर दामोदर पाल प्रसिद्ध कर रखा था क्योंकि तुम्हारी मनहूसी तथा कंजूसी की बात चारों तरफ़ ज्यादा फैल चुकी थी कि मज़बूर होकर मुझे अपना वास्तविक नाम बदलना पड़ा। वरना मुमकिन यह था कि लोग हमारा नाम लेने से भी सकुचाते।"

वृद्ध ने धीरे से अपने दोनों हाथ सिर के ऊपर उठाए। उसकी उँगलियाँ इस तरह काँपने लगीं, मानो वह हवा में किसी अदृश्य चीज़ को पकड़ने की कोशिश कर रही हों। फिर वह अचेत होकर पृथ्वी पर गिर पड़ा। जब उसे चेतना आई तो वह

अपने बेटे की बाँह पकड़कर उसे लगभग घसीटता हुआ पुराने मंदिर के समीप ले गया तथा पूछने लगा–“तुम्हें इसके भीतर से रोने की आवाज़ सुनाई देती है क्या?”

वृन्दावन ने जवाब दिया–“नहीं।”

वृद्ध ने कहा–“ध्यान से सुनो, कोई आवाज़ अन्दर से ‘बाबा जी! बाबा जी!’ कहती सुनाई नहीं देती क्या?”

वृन्दावन ने फिर कान लगाकर जवाब दिया–“नहीं।”

इससे बूढ़े जगन्नाथ की परेशानी किसी सीमा तक दूर हो गई, साथ ही उसके दिमाग़ ने भी उसे जवाब दे दिया।

उस दिन के बाद उसकी स्थिति किसी सीमा तक दूर हो गई, साथ ही उसके दिमाग़ ने भी उसे जवाब दे दिया।

लोग उसके पागलपन पर हँसने लगते।

इसके लगभग चार साल पश्चात् जगन्नाथ मृत्यु-शैया पर पड़ा हुआ था। विश्व का प्रकाश धीरे-धीरे उसकी आँखों के सामने से दूर होता जा रहा था तथा साँस अधिक कष्ट से आने लगी थी। सहसा वह विक्षिप्त अवस्था में उठकर बैठ गया। उसने अपने दोनों हाथ ऊपर को उठा लिये तथा हवा में इस तरह चलाने लगा जैसे किसी चीज़ को टटोल रहा हो और कहने लगा–“मेरी सीढ़ी किसने उठा ली?”

उस ख़तरनाक बन्दीगृह में से, जहाँ न देखने को रोशनी तथा न साँस लेने के लिए वायु थी, बाहर निकलने के लिए सीढ़ी न पाकर वह फिर अपनी मृत्यु-शैया पर गिर पड़ा तथा जहाँ संसार की स्थायी आँख-मिचौनी के खेल में कोई छिपने वाला पाया नहीं गया, वह उस श्रेणी में खो गया।

✳✳✳

अपरिचिता

मेरी उम्र इस समय केवल सत्ताईस साल है। यह जीवन न दीर्घता के हिसाब से बड़ा है, न गुण के हिसाब से। तो भी इसका ख़ास मूल्य है। यह जीवन उस फूल के समान है, जिसके वक्ष पर भँवरा आ बैठा हो और उसी पदक्षेप के इतिहास ने उसकी ज़िन्दगी के फल में गुठली का-सा रूप धारण कर लिया हो।

वह इतिहास आकार में काफ़ी छोटा है, उसे छोटा करके ही लिखूँगा। जो छोटे को साधारण समझने की चूक नहीं करेंगे, वे इसका रस समझेंगे।

कॉलेज में पास करने के लिए जितनी परीक्षाएँ थीं, वे सारी मैंने पास कर ली हैं। बचपन में मेरे ख़ूबसूरत चेहरे को लेकर पंडित जी को सेमर के फूल तथा माकाल फल (बाहर से देखने में तथा अन्दर से दुर्गन्धयुक्त और अखाद्य गूदे वाला एक फल) के साथ मेरी बराबरी करके हँसी उड़ाने का अवसर मिला था। तब मुझे इससे बड़ी लज्जा लगती थी, लेकिन बड़े होने पर सोचता रहा हूँ कि यदि पुनर्जन्म हो तो मेरे मुख पर सुरूप और पंडित जी के मुख पर विद्रूप इसी तरह प्रकट हो। एक दिन था जब मेरे पिता निर्धन थे। वक़ालत करके उन्होंने बहुत-सा रुपया कमाया, लेकिन भोग करने का उन्हें पलभर भी वक़्त नहीं मिला। मृत्यु के समय उन्होंने जो लंबी साँस ली थी, वही उसकी पहली छुट्टी थी।

उस वक़्त मेरी आयु कम थी। माँ के ही हाथों मेरा लालन-पालन हुआ। माँ निर्धन घर की बेटी थी, हम धनी थे यह बात न तो वे भूलतीं और न मुझे भूलने देतीं। बचपन में मैं हमेशा गोद में ही रहा, शायद इसलिए मैं अंत तक पूरे तौर पर वयस्क ही नहीं हुआ। आज भी मुझे देखने पर प्रतीत होता जैसे मैं अन्नपूर्णा की गोद में गजानन का सबसे छोटा भाई हूँ।

मेरे वास्तविक अभिभावक थे मेरे मामा। वे मुझसे मुश्किल से छह वर्ष बड़े होंगे, किन्तु, फल्गु की रेती की भाँति उन्होंने हमारे सारे परिवार को अपने हृदय में सोख लिया था। उन्हें खोदे बगैर इस परिवार का एक भी बूँद रस पाने का कोई उपाय नहीं। इसी कारण मुझे किसी भी चीज़ के लिए कोई चिंता नहीं करनी पड़ती।

हर लड़की के पिता स्वीकार करेंगे कि मैं सत्यपात्र हूँ। हुक्का तक नहीं पीता। भला इनसान होने में कोई झंझट नहीं है, अत: मैं नितांत भला मानस हूँ। माता का हुक्म मानकर चलने की क्षमता मुझमें है, वस्तुत: न मानने की क्षमता मुझमें नहीं है। अपने को अंत:पुर के शासनानुसार चलने के लायक ही बना सका हूँ, यदि कोई लड़की स्वयंवरा हो तो इन सुलक्षणों को याद रखें।

बहुत ही विकसित घरानों से मेरे शादी के प्रस्ताव आए थे, किन्तु मेरे मामा का, जो ज़मीन पर मेरे भाग्य देवता के प्रधान एजेंट थे, विवाह के सम्बन्ध में एक विशेष मत था। अमीर घर की लड़की उन्हें पसन्द न थी। हमारे घर की जो लड़की आए वह सिर झुकाए हुए आए, वे यही चाहते थे। फिर भी रुपये के लिए उनकी नस-नस में आसक्ति समाई हुई थी। वे ऐसा समधी चाहते थे, जिसके पास धन तो न हो, मगर जो धन देने में त्रुटि न करे। जिसका शोषण तो कर लिया जाए लेकिन जिसे घर आने पर गुड़गुड़ी के बदले में बँधे (गुड़गुड़ी हुक्का ज़्यादा सम्मान-सूचक समझा जाता है, बँधा हुआ हुक्का हुक्का होता है) तंबाकू देने पर जिसकी शिकायत नहीं सुननी पड़े।

मेरा दोस्त हरीश कानपुर में काम करता था। छुट्टियों में उसने कोलकाता आकर मेरा मन चंचल कर दिया। बोला–"सुनो जी, यदि कन्या की बात हो तो एक अच्छी-ख़ासी कन्या है।"

कुछ दिन पहले ही एम.ए. पास किया था। सामने जितनी दूर तक नज़र जाती, छुट्टी धू-धू कर रही थी, परीक्षा नहीं है, उम्मीदवारी नहीं, नौकरी नहीं, अपनी जायदाद देखने की फिक्र भी नहीं, शिक्षा भी नहीं, मर्ज़ी भी नहीं। होने में अन्दर माँ थीं और बाहर मामा।"

इस अवकाश की मरुभूमि में मेरा दिल उस समय विश्वव्यापी नारी-रूप की मरीचिका देख रहा था। आकाश में उसकी नज़र थी, वायु में उसका नि:श्वास, तरु-मर्मर में उसकी रहस्यमय भरी बातें।

ऐसे में ही हरीश ने आकर कहा–"अगर लड़की की बात हो तो।" मेरा तन-मन वसंत से दोलायित बकुल वन की नवपल्लव-राशि की तरह धूप-छाँह का पट बुनने लगा। हरीश रसिक व्यक्ति था, रस उड़ेलकर वर्णन करने की उसमें ताकत थी और मेरा मन था तृषार्त्त।

"एक बार मामा से बात चलाकर देखो।" मैं हरीश से बोला।

बैठक जमाने में हरीश अद्वितीय था। इससे चारों तरफ़ उसकी खातिर होती थी। मामा भी उसे पाकर छोड़ना नहीं चाहते थे। बात उनकी बैठक में ही चली। लड़की की अपेक्षा लड़की के बाप की जानकारी ही उनके लिए महत्त्वपूर्ण थी। पिता की हालत वे जैसी चाहते थे वैसी ही थी। किसी ज़माने में उनके वश में लक्ष्मी का मंगल घट भरा रहता था। इस वक्त उसे शून्य ही समझो, फिर भी तले में थोड़ा-बहुत शेष था। अपने प्रांत में वंश-मर्यादा की हिफ़ाज़त करके चलना सहज न समझकर वे पश्चिम में जाकर रह रहे थे। वहाँ गरीब गृहस्थ की ही तरह रहते थे। एक लड़की को छोड़कर उनका और कोई नहीं था। इसलिए उसी के पीछे लक्ष्मी के घट को एकदम आधा कर देने में हिचकिचाहट भी नहीं होगी।

यह सब तो ठीक था, किन्तु लड़की की आयु पंद्रह साल की थी। यह सुनकर मामा का दिल भारी हो गया। वंश में तो कोई दोष नहीं है? नहीं, कोई दोष नहीं, पिता अपनी कन्या के लायक वर कहीं भी न खोज पाए। एक तो वर की हाट में महँगाई थी, उसपर धनुष भंग की शर्त, इसलिए बाप सब किए बैठे हैं, किन्तु कन्या की उम्र सब्र नहीं करती।

जो भी हो, हरीश की सरस रचना में गुण था। मामा का दिल नरम पड़ गया। विवाह की भूमिका-भाग बिना किसी बाधा के पूरी हो गयी। कोलकाता के बाहर बाकी जितनी दुनिया है, सबको मामा अंडमान द्वीप के अंतर्गत ही मानते थे। जीवन में एक बार विशेष काम से वह कोन्नगर तक गए थे। मामा अगर मनु होते तो वे अपनी संहिता में हावड़ा के पुल को पार करने का एकदम निषेध कर देते। दिल में इच्छा थी, स्वयं जाकर लड़की देख आऊँ, लेकिन प्रस्ताव करने की हिम्मत न कर सका।

लड़की को आशीर्वाद देने (बंगालियों में विवाह पक्का करने के लिए एक रस्म होती है जिसमें वर पक्ष के लोग लड़की को और कन्या पक्ष के लोग वर को आशीर्वाद देकर कोई गहना दे जाते हैं) जिनको भेजा गया वे हमारे बिनु दादा थे,

मेरे फुफेरे भाई। उनके विचार, रुचि एवं दक्षता पर मैं सोलह आने निर्भर रह सकता था। लौटकर बिनु दादा ने बताया–"बुरी नहीं है जी! असली सोना है।"

बिनु दादा की भाषा अत्यधिक संयत थी। जहाँ हम कहते थे 'अपूर्व', वहाँ वे कहते 'कामचलाऊ।' इसलिए मैं समझा, मेरे भाग्य में पंचशर का प्रजापति से कोई विरोध नहीं है।

कहना बेकार है, विवाह के उपलक्ष्य में कन्यापक्ष को कोलकाता आना पड़ा। लड़की के पिता शम्भूनाथ बाबू हरीश पर कितना विश्वास करते थे, इसका प्रमाण यह था कि शादी के तीन दिन पहले उन्होंने मुझे पहली बार देखा और आशीर्वाद की रस्म पूरी कर गए। उनकी उम्र चालीस वर्ष के क़रीब होगी। बाल काले थे, मूँछों का पकना अभी शुरू ही हुआ था। रूपवान थे, भीड़ में देखने पर सबसे पहले उन्हीं पर दृष्टि पड़ने लायक उनका चेहरा था।

आशा करता हूँ कि मुझे देखकर वे प्रसन्न हुए। समझना कठिन था, क्योंकि वे अल्पभाषी थे। जो एकाध बात कहते भी थे उसे मानो पूरा ज़ोर देकर नहीं करते थे। इस बीच मामा का मुख अबाध गति से चल रहा था। धन में, मान में हमारा स्थान शहर में किसी से कम नहीं था, वे हर प्रकार से इसी का प्रचार कर रहे थे। शम्भूनाथ बाबू ने इस बात के अन्दर योग नहीं दिया, किसी भी प्रसंग में कोई 'हाँ' या 'हूँ' तक नहीं सुनाई पड़ी। होता तो निरुत्साहित हो जाता, लेकिन मामा को हतोत्साहित करना मुश्किल था। उन्होंने शम्भूनाथ बाबू का शांत स्वभाव देखकर सोचा कि आदमी निर्जीव है, थोड़ा भी तेज़ नहीं। समधियों में और चाहे जो हो, तेज़ भाव होना पाप है, अतएव, मन-ही-मन मामा ख़ुश हुए। शम्भूनाथ बाबू जब उठे तो मामा ने संक्षेप में ही ऊपर से ही उनको विदा कर दिया, गाड़ी में बिठाने नहीं गए।

दहेज के विषय में दोनों पक्षों में बात पक्की हो गई थी। मामा अपने को असाधारण व चालाक समझकर गर्व करते थे। बातचीत में वे कहीं भी कोई छिद्र न छोड़ते। रुपये की संख्या तो तय थी ही, ऊपर से गहना कितने भर एवं सोना किस दर का होगा, यह भी एकदम निश्चित हो गया था। मैं स्वयं इन बातों में सम्मिलित नहीं था, न जानता ही था कि क्या लेन-देन निश्चित हुआ है। मैं जानता था कि यह स्थूल भाग भी शादी का एक प्रधान अंग है एवं उस अंश का भार जिनके ऊपर है, वे एक कौड़ी भी नहीं ठगाएँगे। वस्तुत: अधिक चतुर व्यक्ति के रूप में मामा हमारे पूरे परिवार में गर्व की प्रधान वस्तु थे। जहाँ कहीं भी हमारा कोई ताल्लुक हो पर्वत ही बुद्धि की लड़ाई में जीतेंगे, यह बिलकुल पक्की बात थी। इसलिए हमारे

यहाँ कमी न रहने पर भी एवं दूसरे पक्ष में मुश्किल अभाव होते हुए भी हम जीतेंगे, हमारे परिवार की हठ थी, इसमें चाहे कोई बचे या मरे।

हल्दी चढ़ाने की रस्म बड़ी धूमधाम के साथ हुई। ढोने वाले इतने थे कि उनकी संख्या का हिसाब रखने के लिए क्लर्क भी रखना पड़ता। उनको विदा करने में अपर पक्ष का जो नाको-दम होगा उसकी याद करके मामा के साथ स्वर मिलाकर माँ खूब हँसी।

बैंड, शहनाई, फैन्सी कॉन्सर्ट आदि जहाँ जितने तरह की ज़ोरदार आवाज़ें थीं, सबको एक साथ मिलाकर बर्बर कोलाहल रूपी मस्त हाथी द्वारा संगीत-सरस्वती में पद्मवन को दलित-विदलित करता हुआ मैं शादी के घर में जा पहुँचा। अंगूठी, हार, जरी, जवाहरात से मेरा जिस्म ऐसा लग रहा था, जैसे गहने की दूकान नीलाम पर चढ़ी हो। उनके भावी जामाता की कीमत कितनी थी, यह जैसे कुछ मात्रा में सर्वांग में स्पष्ट रूप से लिखकर अपने भावी ससुर के साथ करने चला था।

मामा कन्या-पक्ष वालों के घर पहुँचकर ख़रा नहीं हुए। एक तो आँगन में बा. रातियों के बैठने के योग्य जगह नहीं थी, तिसपर संपूर्ण आयोजन एकदम साधारण तरीक़े का था। ऊपर से शम्भूनाथ बाबू का व्यवहार भी निहायत ठंडा था। उनकी विनय अजस्र (अनवरत) नहीं थी। मुँह में अल्फ़ाज़ ही न थे। बैठे गले, गंजी, खोपड़ी, कृष्णवर्ण एवं स्थूल जिस्म वाले उनके एक वकील मित्र यदि कमर में चादर बाँधे, बराबर हाथ जोड़े, सिर को हिलाते हुए, नम्रतापूर्ण स्मितहास्य और गद्गद वचनों से कन्सर्ट पार्टी के करताल बजाने वाले से लेकर वरकर्ता तक हर आदमी को बार-बार प्रचुर मात्रा में अभिषिक्त कर देते, तो आरम्भ में ही मामला इस पार अथवा उस पार हो जाता।

मेरे सभा में बैठने के कुछ देर पश्चात् ही मामा शम्भूनाथ बाबू को बग़ल के कमरे में बुला ले गए। पता नहीं, क्या बातें हुईं। कुछ देर पश्चात् ही शम्भूनाथ बाबू ने आकर मुझसे बताया–"लाला जी, ज़रा इधर तो आइए।"

मामला यह था, सभी का न हो, लेकिन किसी-किसी मनुष्य का जीवन में कोई एक लक्ष्य रहता है। मामा का एकमात्र लक्ष्य था, वे किसी भी तरह किसी से ठगे नहीं जाएँगे। उन्हें डर था कि उनके समधी उन्हें आभूषणों में धोखा दे सकते हैं। विवाह-कार्य समाप्त हो जाने पर उस धोखे का कोई प्रतिकार न हो सकेगा। घर-किराया, सौगात, लोगों की विदाई आदि के विषय में जिस प्रकार की खींचातानी

का परिचय मिला उससे मामा ने निश्चय किया था, लेन-देन के विषय में इस आदमी की सिर्फ़ ज़बानी बात पर निर्भर रहने से काम न चलेगा। इसी कारण घर के सुनार तक को अपने साथ लाए थे। बग़ल के कमरे में जाकर देखा, मामा एक कुर्सी पर बैठे थे। एक सुनार अपनी तराजू बाट तथा कसौटी आदि लिए ज़मीन पर था।

"तुम्हारे मामा कहते हैं कि विवाह-कार्य आरम्भ होने से पहले ही वे कन्या के सारे गहने जँचवाकर देखेंगे, इसमें तुम्हारी क्या राय है?" शम्भूनाथ बाबू ने मुझसे पूछा। मैं सिर नीचा किए खामोश रहा।

"वह क्या कहेगा। मैं जो कहूँगा, वही होगा।", मामा ने कहा।

"तो फिर यही तय रहा? ये जो कहेंगे वही होगा? इस विषय में तुम्हें नहीं कहना है?", शम्भूनाथ बाबू ने मेरी तरफ़ देखकर कहा।

"इन सब बातों में मेरा बिलकुल भी हक नहीं है।", मैंने ज़रा गर्दन हिलाकर संकेत से बताया।

"अच्छा तो बैठो, लड़की के जिस्म के सारे गहने उतारकर लाता हूँ।", यह कहते हुए वे उठे।

"अनुपम यहाँ क्या करेगा? वह सभा में जाकर बैठे।", मामा ने कहा।

"नहीं, सभा में नहीं, यहीं बैठना होगा।", शम्भूनाथ ने बताया।

कुछ देर पश्चात् उन्होंने एक अंगोछे में बँधे गहने लाकर चौकी के ऊपर बिछ दिए। सारे जेवर उनकी पितामही के ज़माने के थे, नए फैशन का बारीक कार्य न था, जितना मोटा था उतना ही भारी था।

"इन्हें क्या देखूँ। इनमें कोई मिलावट नहीं है, ऐसे सोने का आजकल व्यवहार ही नहीं होता।" सुनार ने हाथ में गहने उठाकर कहा।

यह कहते हुए उसने मकर के मुँह वाला मोटा एक बाला कुछ दबाकर दिखाया, वह टेढ़ा हो गया था।

मामा ने उसी वक़्त नोट-बुक में गहनों की सूची बना ली, कहीं जो दिखाया गया था उसमें से कुछ कम न हो जाए। हिसाब करके देखा था, गहने जिस मात्रा में देने की बात थी इसकी संख्या और दर तोल उससे अधिक थी।

गहनों में एक जोड़ा इयरिंग था। शम्भूनाथ ने उसको सुनार के हाथ में देकर कहा–"ज़रा इसकी परीक्षा करके देखो।"

"यह विलायती माल है, इसमें सोने का हिस्सा थोड़ा ही है।", सुनार ने कहा।

"इसे आप ही रख लीजिए।", शंभू ने इयरिंग जोड़ी मामा के हाथ में देते हुए कहा।

मामा ने उसे हाथ में लेकर देखा, यही इयरिंग लड़की को देकर उन्होंने आशीर्वाद की रस्म भी पूरी की थी।

मामा का चेहरा लाल हो उठा था। दरिद्र उनको ठगना चाहेगा, लेकिन वे ठगे नहीं जाएँगे, इस आनन्द प्राप्ति से वंचित रह गए और इसके अतिरिक्त कुछ ऊपरी प्राप्ति भी हुई। मुँह अत्यंत भारी करके बोले–"अनुपम, जाओ तुम सभा में जाकर बैठो।"

"नहीं, अब हमारा सभा में बैठना नहीं होगा। चलिए, पहले आप लोगों को खाना खिला दूँ।", शम्भूनाथ बाबू बोले।

"यह क्या कह रहे हैं? लग्न....।", मामा ने कहा।

शम्भूनाथ बाबू ने कहा–"उसके लिए फिक्र न करें, अभी उठिए।"

व्यक्ति निहायत भलामानस था, लेकिन अंदर से कुछ ज्यादा हठी प्रतीत हुआ। मामा को उठना पड़ा। बारातियों का भी भोजन हो गया। आयोजन में आडंबर नहीं था, लेकिन रसोई अच्छी बनी थी और सब कुछ साफ-सुथरा। इससे सभी तृप्त हो गए।

बारातियों का भोजन ख़त्म होने पर शम्भूनाथ बाबू ने मुझसे खाने को कहा।

"यह क्या कह रहे हैं? शादी के पहले वर कैसे भोजन करेगा।", मामा ने कहा। इस संबंध में वे मामा के व्यक्त किए मत की पूर्ण उपेक्षा करके मेरी तरफ देखकर बोले–"तुम क्या कहते हो? भोजन के प्रति बैठने में कोई दोष है?"

मूर्तिमती मातृ-आज्ञा-स्वरूप मामा उपस्थित थे, उनके विरुद्ध चलना मेरे प्रति नामुमकिन था। मैं भोजन के लिए न बैठ सका।

"आप लोगों को बहुत दुःख दिया है। हम लोग धनी हैं। आप लोगों के लायक व्यवस्था नहीं कर सके, माफ करेंगे। रात हो गई है, आप लोगों का कष्ट और नहीं बढ़ाना चाहता। तो फिर इस वक़्त...।", शम्भूनाथ बाबू ने मामा से कहा।

"तो सभा में चलिए, हम तो तैयार हैं।", मामा बोले।

"तब आपकी गाड़ी बुलवा दूँ?", शम्भूनाथ बोले।

"मज़ाक़ कर रहे हैं क्या?", मामा ने हैरत से कहा।

"मज़ाक़ तो आप ही कर चुके हैं। मज़ाक़ के संपर्क को स्थायी करने की मेरी इच्छा नहीं है।", शम्भूनाथ ने कहा।

मामा दोनों नेत्र विस्फारित किए अवाक् रह गए।

"अपनी लड़की का गहना मैं बुरा लूँगा, जो यह बात सोचता है उसके हाथों में मैं अपनी लड़की नहीं दे सकता?", शम्भूनाथ ने कहा।

मुझसे एक अल्फ़ाज़ कहना भी उन्होंने ज़रूरी नहीं समझा। कारण, प्रमाणित हो गया था, मैं कुछ भी नहीं था।

उसके बाद जो कुछ हुआ उसे कहने की इच्छा नहीं होती। झाड़-फ़ानूस तोड़-तोड़कर चीज़-वस्तु को नष्ट-भ्रष्ट करके बारातियों का दल दक्ष-यज्ञ का नाटक पूरा करके बाहर चला आया।

घर लौटने पर बैंड, शहनाई तथा कन्सर्ट सब साथ नहीं बजे एवं अभ्रक के झाड़ों ने आसमान के तारों के ऊपर अपने फ़र्ज़ का निर्वाह करके कहाँ महानिर्वाण हासिल किया पता नहीं चला।

घर के सब लोग गुस्से से आग-बबूला हो गए। कन्या के पिता को इतना घमंड, कलियुग पूर्ण रूप से आ गया है।

सब बोले–"देखें, लड़की का ब्याह कैसे करते हैं।" लेकिन लड़की का विवाह नहीं होगा, यह डर जिसके दिल में न हो उसको दंड देने का क्या उपाय है?

बंगाल-भर में मैं ही एकमात्र पुरुष था, जिसको खुद कन्या के पिता ने जनवासे से लौटा दिया था। इतने बड़े सत्पात्र के माथे पर कलंक का इतना बड़ा दाग़ किस दुष्ट ग्रह ने इतना प्रचार करके गाजे-बाजे से समारोह करके आंक दिया? बाराती यह कहते हुए सिर पीटने लगे–"विवाह नहीं हुआ, मगर हमको धोखा देकर खिला दिया, संपूर्ण अन्न सहित पक्वाशय निकालकर वहाँ फेंक आते तो अफसोस मिटता।"

"ब्याह के वचन-भंग और मान-हानि का दावा करूँगा।" कहकर मामा घूम-घूमकर खूब ऊधम मचाने लगे। हितैषियों ने समझा दिया कि ऐसा करने से जो तमाशा शेष रह गया वह पूरा हो जाएगा।

कहना बेकार है, मैं भी बहुत क्रोधित हुआ था। किसी प्रकार शम्भूनाथ पूरी तरह हारकर मेरे चरणों पर आ गिरे। मूँछों की रेखा पर ताव देते-देते मैं केवल यही कामना करने लगा।

मगर इस गुस्से की काली धारा के समीप एक और स्रोत बह रहा था, जिसका रंग बिलकुल भी काला नहीं था। पूरा मन उस अपरिचित की ओर दौड़ गया। अभी तक उसे किसी भी तरह वापस नहीं मोड़ सका। दीवार की आड़ में रह गया। उसके माथे पर चंदन चर्चित था, शरीर पर लाल साड़ी, चेहरे पर लज्जा की लाली, दिल में क्या था यह कैसे कह सकता हूँ। मेरे कल्पलोक की कल्पलता वसंत के सभी फूलों का भार मुझे निवेदित कर देने के लिए झुक पड़ी थी। हवा आ रही थी, खुशबू मिल रही थी, पत्तों का शब्द सुन रहा था, केवल एक पग बढ़ाने की देर थी, इसी बीच वह पगभर की दूरी पलभर में असीम हो गई।

इतने रोज़ तक रोज़ शाम को मैंने बिनु दादा के घर जाकर उनको परेशान कर डाला। बिनु दादा की वर्णन-शैली की अधिक सघन संक्षिप्तता के कारण उनकी हर बात ने स्कूलिंग के समान मेरे मन में आग लगा दी थी। मैंने समझा था कि लड़की का रूप बड़ा अपूर्व था, लेकिन न तो उसे आँखों से देखा और न उसकी तस्वीर, सब-कुछ अस्पष्ट रह गया। बाहर तो उसने पकड़ दी ही नहीं, उसे दिल में भी न ला सका, इसी कारणभूत के समान दीर्घ निःश्वास लेकर मन उस रोज़ की उस विवाह-सभा की दीवार के बाहर चक्कर काटने लगा।

हरीश ने सुना, लड़की को मेरा फोटोग्राफ दिखाया गया था। पसंद ज़रूर किया होगा। न करने की तो कोई वजह ही न थी। मेरा मन कहता है, वह चित्र उसने किसी बक्से में छिपा रखा है। कमरे का द्वार बंद करके अकेली किसी-किसी निर्जन दोपहरी में क्या वह उसे खोलकर नहीं देखती होगी? जब झुककर देखती होगी तब चित्र के ऊपर तथा उसके मुँह के दोनों ओर से खुले बाल आकर नहीं पड़ते होंगे? अकस्मात् बाहर किसी के पाँव की आहट पाते ही क्या वह झटपट अपने खुशबूदार अंचल में चित्र को छिपा न लेती होगी?

दिन गुज़रते जाते हैं। एक वर्ष बीत गया। मामा तो लज्जा के मारे विवाह-संबंध की बात ही न छेड़ पाते। माँ की मर्ज़ी थी, मेरे अपमान की बात जब समाज के लोग भूल जायेंगे तब विवाह की कोशिश करेंगी।

दूसरी तरफ़ मैंने सुना कि शायद लड़की को अच्छा वर मिल गया है, किन्तु उसने प्रण किया है कि वह शादी नहीं करेगी। सुनकर मन आनन्द के आवेश से भर गया। मैं कल्पना में देखने लगा, वह अच्छी प्रकार खाती नहीं, संध्या हो जाती है, वह बाल बाँधना भूल जाती है। उसके पिता उसके मुख की ओर देखते हैं और सोचते

है–'मेरी कन्या दिनोंदिन ऐसी क्यों होती जा रही है?' अकस्मात् किसी रोज़ उसके कमरे में आकर देखते हैं कि लड़की के नेत्र आँसुओं से भरे हैं। पूछते हैं–"बेटी, तुझे क्या हो गया है, मुझे तो बता?" लड़की झटपट आँसू पोंछकर कहती है–"कहाँ, कुछ भी तो नहीं हुआ, पिता जी।" पिता की इकलौती लड़की है न, बड़ी लाडली बेटी है। अनावृष्टि के दिनों में फूल की कली के समान जब लड़की एकदम मुरझा गई तो पिता के प्राण और ज़्यादा सहन न कर सके। मान त्यागकर वे दौड़कर हमारे द्वार पर आए। उसके बाद? उसके बाद मन में जो काले रंग की धारा बह रही थी वह मानो काले साँप की तरह रूप धरकर फुफकार उठी। उसने कहा–"अच्छा है, फिर एक बार शादी का साज सजाया जाए, रोशनी जले, देश-विदेश के लोगों को निमंत्रण दिया जाए, उसके पश्चात् तुम वर के मौर को पाँवों से कुचलकर दल-बल लेकर सभा से उठकर चले आओ।" लेकिन जो धारा अश्रुजल के समान शुभ्र थी, वह राजहंस का रूप धारण करके बोली–"जिस तरह मैं एक दिन दमयंती के पुष्पवन में गई थी मुझे उसी प्रकार एक बार उड़ जाने दो, मैं विरहिणी के कानों में एक बार सुख सूचना दे आऊँ।" उसके बाद? उसके पश्चात् दुःख की रात बीत गई, वर्षा का जल बरसा, ग्लान फूल ने मुँह उठाया। इस बार उस दीवार के पार पूरी दुनिया के और सब लोग रह गए, केवल एक व्यक्ति ने भीतर प्रवेश किया, फिर मेरी कहानी समाप्त हो गयी।

लेकिन कहानी ऐसे समाप्त नहीं हुई। जहाँ पहुँचकर वह अनंत हो गई है वहाँ का थोड़ा-सा विवरण बताकर अपना यह लेख ख़त्म करूँगा।

माँ को लेकर मैं तीर्थ करने जा रहा था। बोझ मेरे ही ऊपर था, क्योंकि मामा इस बार भी हावड़ा पुल के पार नहीं हुए। मैं रेलगाड़ी के अन्दर सो रहा था। झोंके खाते-खाते दिमाग़ में अनेक प्रकार के बिखरे सपनों का झुनझुना बज रहा था। अकस्मात् किसी एक स्टेशन पर जाग पड़ा, वह भी रोशनी अंधकार-मिश्रित एक स्वप्न था। सिर्फ़ आकाश के तारागण चिरपरिचित थे और सब अपरिचित अस्पष्ट था, स्टेशन की कई सीधी खड़ी बत्तियाँ प्रकाश द्वारा यह ज़मीन कितनी अपरिचित है एवं जो चारों ओर है वह कितना ज़्यादा दूर है, यही दिखा रही थीं। गाड़ी में माँ सो रही थीं। बत्ती के नीचे हरा पर्दा रंगा हुआ था, ट्रैक, बक्स, सामान सब एक-दूसरे के ऊपर तितर-बितर पड़े हुए थे। वह मानो स्वप्नलोक का उल्टा-पुल्टा सामान हो, जो शाम की हरी बत्ती के टिमटिमाते प्रकाश में होने और न होने के बीच न जाने किस तरीक़े से पड़ा था।

इस बीच उस अनोखे जगत् की अद्भुत रात में कोई बोल उठा–"जल्दी आ जाओ, इस डिब्बे में स्थान है।"

लगा, जैसे कोई गाना सुना हो। बंगाली लड़की के मुख से बंगला बोली कितनी मीठी लगती है, इसका पूरा-पूरा अनुमान ऐसे अनुपयुक्त स्थान पर अचानक सुनकर ही किया जा सकता है, लेकिन इस स्वर का निरी एक लड़की का स्वर कहकर श्रेणी-मुक्त कर देने से काम नहीं चलेगा। यह किसी दूसरे व्यक्ति का स्वर था, सुनते ही दिल कह उठता है–"ऐसा तो पहले कभी नहीं सुना।"

गले का स्वर मेरे लिए हमेशा ही बड़ा सत्य रहा है। रूप भी कम बड़ी वस्तु नहीं है, लेकिन मनुष्य में जो अंतरतम और अनिर्वचनीय है, मुझे लगता है, जैसे कंठ-स्वर उसी की आकृति हो। चटपट खिड़की खोलकर मैंने मुख बाहर निकाला, किन्तु कुछ भी न दिखा। प्लेटफार्म पर अँधेरे में खड़े गार्ड ने अपनी एक आँख वाली लालटेन हिलाई, गाड़ी चल दी, मैं जँगले के निकट बैठा रहा। मेरी आँखों के सामने कोई मूर्ति न थी, किन्तु मन में मैं एक हृदय का रूप देखने लगा। वह जैसे इस तारामयी रात के सामने हो, जो आवृत्त कर लेती है, किन्तु उसे पकड़ा नहीं जा सकता। ओ स्वर! अपरिचित कंठ के स्वर! पलभर में ही तुम मेरे चिरपरिचित के आसन पर आकर बैठ गए हो। तुम कैसे रहस्यमयी हो, चंचल काल के क्षुब्ध दिल के ऊपर फूल के समान खिले हो, किन्तु उसकी लहरों के आंदोलन से कोई पंखुड़ी तक नहीं हिलती, अपरिमेय कोमलता में इतना-सा भी दाग़ नहीं पड़ता।

गाड़ी लोहे के मृदंग पर ताल देती हुई चली। मैं मन-ही-मन गीत सुनता जा रहा था। उसकी एक ही टेक थी–"डिब्बे में जगह है।" है क्या, जगह है क्या, जगह मिले किस तरह कोई किसी को नहीं पहचानता। साथ ही यह न पहचानना-मात्र सुधामय स्वर! जिस दिल के तुम अद्भुत रूप हो, वह क्या मेरा चिर-परिचित नहीं है? जगह है? है, जल्दी बुलाया था, जल्दी ही आया हूँ, क्षणभर की भी देर नहीं की है।

रात में सही से नींद नहीं आई। प्राय: हर स्टेशन पर एक बार मुँह निकालकर देखता, डर होने लगा कि जिसको देख नहीं पाया वह वहीं रात में ही न उतर जाए।

दूसरे रोज़ सुबह हमें एक बड़े स्टेशन पर गाड़ी बदलनी पड़ी थी, हमारे टिकट फर्स्ट क्लास के थे, उम्मीद थी, भीड़ नहीं होगी। उतरकर देखा, प्लेटफार्म पर साहबों के अर्दलियों का दल सामान लिए गाड़ी का इंतज़ार कर रहा है। फ़ौज के कोई एक बड़े जनरल साहब घूमने के लिए निकले थे। दो-तीन मिनट के बाद ही गाड़ी आ गई।

समझा, फर्स्ट क्लास की उम्मीद छोड़नी पड़ेगी। माँ को लेकर किस डिब्बे में चढ़ूँ, इस बारे में बड़ी फिक्र में पड़ गया। पूरी गाड़ी में बहुत भीड़ थी। मैं दरवाज़े-दरवाज़े झाँकता हुआ घूमने लगा। इसी मध्य सेकंड क्लास के डिब्बे से एक लड़की मेरी माँ को लक्ष्य करके बोली–"आप हमारे डिब्बे में आइए न, यहाँ जगह है।"

मैं तो चौंक पड़ा। वही आश्चर्यजनक मधुर स्वर और वही गीत की टेक 'जगह है' पलभर की भी देर न करके मैं माँ को लेकर उस डिब्बे में चढ़ गया। सामान चढ़ाने का वक्त प्रायः नहीं था। मेरे जैसा असमर्थ दुनिया में कोई न होगा। उस लड़की ने ही कुलियों के हाथ से तेज़ी के साथ चलती गाड़ी में हमारे बिस्तरादि खींच लिए। फोटो खींचने का एक मेरा कैमरा स्टेशन पर ही छूट गया, ख़याल ही न रहा।

उसके पश्चात् क्या लिखूँ, नहीं जानता। मेरे मन में एक अखंड आनंद की तस्वीर है, उसे कहाँ से आरम्भ करूँ, कहाँ समाप्त करूँ? बैठे-बैठे एक वाक्य के बाद दूसरे वाक्य की योजना करने की मर्ज़ी नहीं होती।

इस बार उसी स्वर को आँखों से देखा। इस वक्त भी वह स्वर ही जान पड़ा। माँ के मुँह की ओर देखा, देखा कि उनकी आँखों की पलक नहीं गिर रही थी। लड़की की उम्र सोलह या सत्रह साल की होगी, किन्तु नवयौवना ने उसकी देह, मन पर कहीं भी जैसे ज़रा भी बोझ न डाला हो। उसकी गति सहज, दीप्ति निर्मल सुंदरता की शुचिता अपूर्व थी, उसमें कहीं कोई जड़ता न थी।

मैं देख रहा हूँ, विस्तार से कुछ भी कहना मेरे लिए नामुमकिन है। यही नहीं, वह किस रंग की साड़ी किस तरह पहने हुए थी, यह भी ठीक से नहीं कह सकता। यह बिलकुल सच है कि उसकी वेश-भूषा में ऐसा कुछ न था जो उसे छोड़कर विशेष रूप से आँखों को आकर्षित करे। वह अपने चारों ओर की वस्तुओं से बढ़कर थी, रजनीगंधा की शुभ्र मंजरी के समान सरल वृत्त के ऊपर बने जिस पेड़ पर खिली थी, उसका एकदम अतिक्रमण कर गई थी। साथ में दो-तीन छोटी-छोटी लड़कियाँ थीं, उनके साथ उनकी हँसी और बातचीत का आख़िर न था। मैं हाथ में एक किताब लिए उस ओर कान लगाए था। जो कुछ कान में पड़ रहा था वह सब तो बच्चों के साथ बचपने की बातें थीं। उसकी खासियत यह थी कि उसमें उम्र का अंतर बिलकुल भी न था, छोटों के साथ वह अनायास और आनंदपूर्वक छोटी हो गयी थी। साथ में बच्चों की कहानियों की सचित्र किताबें थीं। उसी की कोई कहानी सुनाने के लिए कन्याओं ने घेर लिया था, यह कहानी ज़रूर ही उन्होंने बीस-पच्चीस बार सुनी होगी। लड़कियों का इतना आग्रह क्यों था, यह मैं

जान गया। उस सुधा-कंठ की सोने की छड़ी से सारी कहानी सोना हो जाती थी। लड़की का सम्पूर्ण तन-मन पूरी तरह प्राणों से भरा था, उसकी सारी चाल-ढाल स्पर्श में प्राण उमड़ रहा था। इसलिए लड़कियाँ जब उसके मुख से कहानी सुनतीं तब कहानी नहीं, उसी को सुनतीं, उनके हृदय पर प्राणों का झरना झर पड़ता। उसके उस उद्भासित प्राण ने मेरी उस रोज़ की सारी सूर्य-किरणों को सजीव कर दिया, मुझे प्रतीत हुआ, मुझे जिस प्रकृति ने अपने आसमान से वेष्टित कर रखा है, वह उस तरुणी के ही अक्लांत, अम्लान प्राणों का विश्वव्यापी विस्तार है। दूसरे स्टेशन पर जाते ही उसने खोमचे वाले को बुलाकर काफ़ी दाल-मोठ खरीदी तथा लड़कियों के साथ मिलकर बच्चों की तरह कलहास्य करते हुए निःसंकोच भाव से खाने लगी। मेरी प्रकृति तो जाल से घिरी हुई थी, क्यों मैं अधिक सहज भाव से, उस हँसमुख लड़की से एक मुट्ठी दाल-मोठ नहीं माँग सका? हाथ बढ़ाकर अपना लालच क्यों नहीं स्वीकार किया?

माँ अच्छा और बुरा लगने के बीच दुचित्ती हो रही थी। डिब्बे में मैं मर्द हूँ, तो भी इसे कोई संकोच नहीं विशेषकर वह इस लोभ की भाँति खा रही है। यह बात उनको पसंद नहीं आ रही और उसे कहने का भी उन्हें भ्रम न हुआ। उन्हें लगा, इस लड़की की उम्र काफ़ी हो गई है, किन्तु शिक्षा नहीं मिली। माँ एकाएक किसी से वार्तालाप नहीं कर पाती। लोगों से दूर-दूर रहने की ही उनकी आदत थी। इस लड़की का परिचय प्राप्त करने की उनको बड़ी इच्छा थी, लेकिन स्वाभाविक बाधा नहीं मिटा पा रही थी।

इसी वक़्त गाड़ी एक बड़े स्टेशन पर आकर रुक गई। उन जनरल साहब के साथियों का एक दल इस स्टेशन से चढ़ने की कोशिश कर रहा था। गाड़ी में कहीं जगह न थी। कई बार वे हमारे डिब्बे के सामने से गुज़रे। माँ तो डर के मारे जड़ हो गई, मैं भी दिल में अशांति का अनुभव कर रहा था।

गाड़ी चलने के थोड़ी देर पहले एक देशी रेल-कर्मचारी ने डिब्बों की दो बेंचों के सिरों पर नाम लिखे हुए दो टिकट को लटकाकर मुझसे कहा—"इस डिब्बे की ये दो बेंचें पहले से ही दो व्यक्तियों ने रिजर्व करा रखी हैं, आप लोगों को दूसरे डिब्बे में जाना होगा।"

मैं तो तुरन्त घबराकर खड़ा हो गया।

"नहीं, हम डिब्बा नहीं छोड़ेंगे।", लड़की ने हिन्दी में कहा।

“बिना छोड़े कोई चारा भी नहीं।” उस व्यक्ति ने जिद करते हुए कहा। किन्तु लड़की के उतरने की मर्ज़ी का कोई लक्षण न देखकर वह उतरकर अंग्रेज़ स्टेशन-मास्टर को बुला लाया।

उसने आकर मुझसे कहा–“मुझे शर्मिन्दगी है, किन्तु...।”

सुनकर मैंने ‘कुली-कुली’ की आवाज़ लगाई।

“नहीं, आप कहीं नहीं जा सकते, जैसे हैं बैठे रहिए।” लड़की ने उठकर दोनों आँखों से आग बरसाते हुए कहा।

उसने द्वार के पास खड़े होकर स्टेशन मास्टर से अंग्रेज़ी में कहा–“यह डिब्बा पहले से रिजर्व है, यह बात झूठ है।”

यह कहकर उसने नाम लिखे हुए टिकटों को खोलकर प्लेटफार्म पर ही फेंक दिया।

इस बीच में वर्दी पहने साहब अर्दली के साथ द्वार के पास आकर खड़ा हो गया। डिब्बे में अपना सामान चढ़ाने के लिए पहले उसने अर्दली को संकेत किया था। उसके पश्चात् लड़की के मुँह की तरफ़ देखकर, उसकी बात सुनकर मुखमुद्रा देखकर स्टेशन-मास्टर को थोड़ा छुपाकर तथा उसको ओट में ले जाकर पता नहीं क्या कहा। देखा गया, गाड़ी छूटने का वक़्त बीत चुकने पर भी और एक डिब्बा जोड़ा गया, तब कहीं जाकर ट्रेन छूटी। लड़की ने अपना दलबल लेकर फिर दोबारा दाल-मोठ खाना आरम्भ कर दिया। मैं शर्म के मारे खिड़की के बाहर मुँह निकालकर प्रकृति की शोभा को देखने लगा।

गाड़ी कानपुर में आकर रुकी। लड़की अपना सामान बाँधकर तैयार थी, स्टेशन पर एक बंगाली नौकर दौड़कर उनको उतारने की कोशिश करने लगा।

फिर माँ से न रहा गया। माँ ने उससे कहा–“तुम्हारा नाम क्या है, बेटी?”

“मेरा नाम कल्याणी है।”, लड़की ने बताया।

सुनकर माँ और मैं दोनों ही चौंक पड़े।

“तुम्हारे पिता...?”

“वे यहाँ डॉक्टर हैं, उनका नाम शम्भूनाथ सेन है।”

उसके पश्चात् वह उतर गई।

***

लल्ला बाबू की वापसी

रायचरण जब पहले-पहले नौकरी पर लगा था, तब उसकी आयु सिर्फ़ बारह साल थी। जैसोर जिले में उसका मकान था। लम्बे-लम्बे बाल, बड़ी-बड़ी आँखें और काली-चिकनी छरहरी उसकी देह थी। वह जाति का कायस्थ था, तथा उसके मालिक भी कायस्थ थे। मालिक के घर एक साल का एक बच्चा था, उसे खिलाना, नहलाना-धुलाना तथा घुमाना-फिराना, यही उसकी नौकरी थी।

उस बच्चे ने धीरे-धीरे रायचरण की गोद को छोड़कर कॉलेज में तथा अन्त में कॉलेज छोड़कर यूनिवर्सिटी में कदम रखा था। रायचरण अब भी उनके यहाँ नौकर है। अब उसका एक मालिक और बढ़ गया है, मकान में बहू जी आ गयी हैं। इसलिए अनुकूल बाबू पर रायचरण का पहले जितना हक था, उसका अधिकांश नई बहू के हाथ लग गया है।

मगर मालकिन ने जैसे रायचरण का पहले का हक कुछ घटा दिया है, वैसे ही एक नया अधिकार देकर उसकी बहुत कुछ भरपाई भी कर दी है। थोड़े ही दिन हुए, अनुकूल के एक लड़का पैदा हुआ है, तथा रायचरण ने उसे केवल अपनी कोशिश और मेहनत से अधिक अपना लिया है।

बच्चे को वह एक ऐसी उमंग के साथ झूला झुलाता है, ऐसी चालाकी से उसके दोनों हाथ पकड़कर ऊपर को उछालता है, उत्तर की कोई आशा न रखकर उससे ऐसे-ऐसे बिना उद्देश्य के प्रश्न पूछता रहता है तथा उसके मुँह के पास अपना सिर ले जाकर ऐसा हिलाया करता है कि वह नन्हा-सा आनुकौलव रायचरण को देखते ही मारे प्रसन्नता के मगन होकर झूमने-सा लगता है।

वह नन्हा-सा बच्चा जब पेट तथा घुटनों के बल चलकर चौखट पार होता तथा कोई पकड़ने आता तो खिलखिलाकर हँसता हुआ जल्दी से बिना छुपने की जगह में दुबकने की कोशिश करता था तब रायचरण उसकी असाधारण होशियारी तथा अक्ल को देखकर आश्चर्य में पड़ जाता। उसकी माँ के पास जाकर यह बड़े गर्व और अचरज के साथ कहता–"बहू जी, तुम्हारा यह लड़का बड़ा होने पर जज होगा, पाँच हज़ार रुपये पाया करेगा।"

विश्व में और भी कोई मानव की सन्तान इस उम्र में चौखट पार करने आदि ऐसी-ऐसी होशियारी का परिचय दे सकती है, यह बात रायचरण के कयास के बाहर थी। उसका इरादा था कि केवल भावी जजों के लिए ही ऐसी बातें सम्भव हैं, दूसरों के लिए नहीं।

आख़िरकार बच्चे ने जब डगमगाते हुए चलना शुरू किया, तो वह भी बड़ी हैरत की बात हो गयी, तथा जब वह माँ को 'म्मा', बुआ और 'उआ' और रायचरण को 'चन्ना' कहकर पुकारने लगा, तब तो रायचरण इस अनोखे संवाद को बड़े उत्साह से चारों ओर चर्चित करने लगा।

सबसे बड़ी आश्चर्य की बात तो यह है कि माँ को 'म्मा' कहता है, बुआ को 'उआ' कहता है, पर उसे कहता है 'चन्ना'! वास्तव में बच्चे के दिमाग़ में यह अक्ल आई कहाँ से, बतलाना मुश्किल है। अवश्य ही कोई ज़्यादा उम्र का आदमी ऐसी तेज़ अक्ल का परिचय न दे सकता था, और देने पर भी उसके 'जज' होने की आशा में सबको पूरा-पूरा सन्देह रह जाता।

कुछ दिन से रायचरण को अपने मुँह में रस्सी दबाकर घोड़ा बनना पड़ता है। पहलवान बनकर बच्चे के साथ कुश्ती भी लड़नी पड़ती है, तथा उसमें यदि वह हारकर ज़मीन पर नहीं गिर पड़ता तो बेचारे की मुसीबत आ जाती है।

इसी वक़्त अनुकूल बाबू का पद्मा नदी के किनारे के किसी जिले में तबादला हो गया। वहाँ जाते वक़्त वे अपने बच्चे के लिए कलकत्ता से एक छोटी-सी ठेलागाड़ी लेते गए थे। रायचरण सुबह-शाम दोनों वक़्त नवकुमार को साटन का कुरता, सिर पर ज़रीदार टोपी, हाथ में सोने के कड़े तथा पैरों में लच्छे पहनाकर, उस गाड़ी में बिठाकर हवा खिलाने ले जाता।

बरसात का मौसम आया। भूखी पद्मा नदी, खेत, बाग़-बगीचे तथा गाँव सबको एक-एक निवाले में निगलने लगी। चर की रेती के पेड़-पौधे सभी पानी में डूब

गए। नदी के किनारे के धसकने की डरावनी आवाज़ तथा पानी की गरज से दसों दिशाएँ मुखरित हो उठीं। तेज़ी से दौड़ती हुई फेनराशि के नदी के तेज़ बहाव को और भी ज़्यादा भयानक कर दिया।

तीसरे पहर उस दिन बादल फिर घिर आए थे, पर बरसने की कोई आशा न थी। आज रायचरण का खामख़याली नन्हा-सा मालिक किसी भी तरह घर में नहीं रहना चाहता। वह गाड़ी पर सवार होकर घूमने को जाने के प्रति जिद पकड़ गया। रायचरण धीरे-धीरे गाड़ी को ठेलता हुआ खेतों के नजदीक नदी के किनारे जा पहुँचा। नदी में एक भी नाव न थी, और खेत में भी कोई व्यक्ति न था। बादलों की संधों में से दिखाई दिया कि उस पार शान्त बालू रेत वाले नदी किनारे सूने समारोह के साथ सूर्य छिपने को तैयार था। उस सन्नाटे में बालक एकदम ही एक पेड़ की ओर उँगली उठाकर बोल उठा–"चना, फू:!"

पास ही दलदल धरती पर एक कदम्ब का पेड़ था, उसकी ऊँची शाखा पर कुछ फूल खिले हुए थे, उन्हीं पर बालक की लोभी दृष्टि खिंची हुई थी। तीन-चार दिन हुए, रायचरण ने दो-तीन सींकों में गूँथ-गूँथकर उसे एक कदम्ब के फूलों की गाड़ी बना दी थी–उसमें रस्सी बाँधकर खींचने में बच्चे को ऐसा मज़ा आया कि उस दिन रायचरण को मुँह में लगाम नहीं लगानी पड़ी, घोड़े से वह एकाएक साईस के पद पर पहुँचा दिया गया था।

दलदल में से जाकर फूल लाने की रायचरण की इच्छा न हुई। उसने चट् से दूसरी तरफ़ उँगली दिखाकर कहा–"देखो, देखो, वोओ देखो, चिरैया! देखो तो उड़ गयी, आहा! आइयो री चिरैया, लल्ला बाबू को लड्डू दे जाइयो।" इस तरह लगातार बातें कर-करके बच्चे को बहलाता हुआ वह ज़ोर-ज़ोर से गाड़ी चलाने लगा।

पर जो लड़का बड़ा होकर जज होगा उसे इस प्रकार फुसलाने की कोशिश बेकार की बात थी, ख़ासकर उस वक़्त जबकि चारों ओर उसका ध्यान आकर्षित करने वाली और कोई वस्तु ही न हो। लिहाजा रायचरण का काल्पनिक चिरैया का बहाना ज़्यादा देर न टिक सका। तब फिर रायचरण ने कहा–"तो तुम गाड़ी में बैठे रहना, अच्छा! मैं जल्दी से फूल लिए आता हूँ। खबरदार, पानी के किनारे न जाना।" यह कहता हुआ वह धोती ऊपर चढ़ाकर कदम्ब के पेड़ की तरफ़ चल दिया।

मगर वह तो पानी के किनारे जाने को मना कर गया था, उससे बच्चे का मन कदम्ब के फूल से हटकर उसी क्षण पानी की ओर दौड़ गया। उसने देखा कि

पानी कल-कल, छल-छल करता हुआ दौड़ा जा रहा है। उसे ऐसा लगा जैसे कि शरारत करके किसी एक बड़े रायचरण के हाथ से निकलकर एक लाख नन्हा बहाव हँसता तथा कल-कल गीत गाता हुआ मना किए हुए जगह की तरफ़ तेज़ी से भागा जा रहा हो।

उसके इस बुरे उदाहरण से मानव-शिशु का दिल खिल उठा। वह गाड़ी से उतरकर धीरे-धीरे पानी के पास पहुँचा तथा एक लम्बे तिनके को उठाकर उसे मछली पकड़ने की बंसी बनाकर पानी में झुककर उससे मछली पकड़ने लगा। तथा नदी का नटखट पानी फुसफुसाहट-भरी कल-कल भाषा में बार-बार उसे अपने खेल में शामिल होने के प्रति बुलाने लगा।

सहसा पानी में किसी वस्तु के गिरने की आवाज़ हुई। पर, बरसात में पद्मा नदी के किनारे ऐसे कितने ही अल्फ़ाज़ हुआ करते हैं। रायचरण ने झोली भरकर कदम्ब के फूल तोड़े, और पेड़ से उतरकर मुस्कराता हुआ वह गाड़ी के पास पहुँचा। वहाँ जाकर देखता है तो बच्चा गायब था। चारों ओर अच्छी तरह निगाह दौड़ाकर देखा, पर कहीं भी बच्चे का चिह्न तक न दिखाई दिया। पलभर में रायचरण का खून सूख गया। सारी दुनिया उसे सूनी, उदास तथा धुआँकार दिखने लगी। वह अपने टूटे हुए दिल से चीख उठा—“लल्ला बाबू, लल्ला बाबू!”

मगर ‘चन्ना’ कहकर किसी ने जवाब नहीं दिया, शरारत करके किसी बच्चे का कंठ खिलखिला नहीं उठा। केवल पद्मा ही पहले की तरह कल-कल छल-छल करके दौड़ती रही। मानो वह कुछ जानती ही नहीं! मानो उसे विश्व की इन सब छोटी-छोटी बातों पर ध्यान देने की आवश्यकता ही नहीं।

जब शाम हुई तो बच्चे की बेचैन माँ ने चारों और आदमी दौड़ाए। लालटेन हाथ में लिए लोग नदी के तट पर पहुँचे। वहाँ देखा तो, रायचरण आँधी की हवा की तरह खेलों के चारों ओर ‘लल्ला बाबू, लल्ला बाबू’ चिल्लाता हुआ भटक रहा है, उसका गला बैठ गया है।

आख़िर में घर लौटकर रायचरण धड़ाम से अपनी बहू जी के पैरों पर गिर पड़ा।

उससे बार-बार पूछा गया, मगर वह रो-रोकर यही कहता रहा—“कहाँ गया, कुछ भी पता नहीं लगा, माँ!”

यद्यपि सब समझ गए कि यह कार्य पद्मा नदी का ही है, फिर भी गाँव के बाहर जो बनजारे ठहरे हुए थे उन पर सन्देह हो ही गया। माँ के दिल में तो यह

शक पैदा हुआ कि कहीं बच्चे को रायचरण ने ही न चुरा लिया हो! यहाँ तक कि वह उसे बुलाकर कहने लगी—"तू मेरे बच्चे को लौटा दे, तुझे कितने रुपये चाहिए, मैं दूँगी।"

सुनकर रायचरण ने केवल माथे पर हाथ दे मारा।

आख़िर में मालकिन ने उसे निकाल बाहर कर दिया।

अनुकूल बाबू ने अपनी स्त्री के दिल से रायचरण के प्रति इस अन्यायपूर्ण सन्देह को दूर करने की कोशिश की थी। उन्होंने अपनी पत्नी से पूछा—"रायचरण ऐसा जघन्य कार्य आख़िर किसलिए करेगा?"

पत्नी ने कहा—"क्यों! सोने के गहने नहीं पहने था वो।"

रायचरण अपने देश को चला गया था। अब तक उसके कोई बाल-बच्चा नहीं हुआ था, और न ही होने की कोई आशा थी। मगर होनहार की बात कि उसी साल, इतनी ज़्यादा आयु में, उसकी पत्नी के एक बच्चा हुआ, तथा उसी में पत्नी की मृत्यु भी हो गयी। अपने उस बच्चे पर रायचरण को बड़ा क्रोध आया। उसे वह बैरी-सा दिखने लगा। उसने सोचा, यह छल करके लल्ला की जगह अपना अधिकार जमाने आया है। सोचने लगा, मालिक के इकलौते बेटे को पानी में बहाकर स्वयं पुत्र के सुख को व्यतीत करना उसके लिए महापाप के अलावा अन्य कुछ नहीं। यहाँ तक कि रायचरण की विधवा बहन अगर न होती, तो शायद वह बच्चा समाज की हवा में अधिक दिन साँस भी न ले सकता था।

आश्चर्य की बात है कि उस लड़के ने भी कुछ दिन के बाद लल्ला की तरह ही चौखट पार करना आरम्भ कर दिया, और सब प्रकार की मनाहियों को न मानने में ठीक वैसी ही चतुरता दिखाने लगा! और तो क्या, उसके गले का स्वर, हँसने तथा रोने की आवाज़ बहुत कुछ उससे मिलती-जुलती है। किसी-किसी दिन रायचरण उसका रोना सुनता तो उसका दिल अचानक धड़क उठता, उसे ऐसा लगता कि जैसे उसका वह लल्ला भटक-भटक कर रो रहा है।

फुलना भी, रायचरण की बहन ने अपने भतीजे का नाम रखा था फुलना, बुआ को 'उआ' कहकर पुकारने लगा था। इस परिचित सम्बोधन को सुनकर एक दिन अचानक रायचरण को ख़याल आया था कि अवश्य लल्ला ही मेरे मोह को न छोड़ सकने की वजह से, मेरे घर आकर पैदा हुआ है।

इस विश्वास के अनुकूल कुछ न काटी जा सकने वाली युक्तियाँ भी थीं। पहले तो, उसके चले जाने के बाद इतनी जल्दी उसका जन्म होना, दूसरे, इतने वर्षों बाद सहसा उसकी पत्नी के गर्भ में लड़का पैदा होना, यह उसकी स्त्री के गुण से हरगिज नहीं हो सकता। तीसरे, यह भी उसी प्रकार घुटनों के बल चलता है, डगमगाता हुआ घूमता-फिरता है तथा बुआ को 'उआ' कहता है। जिन लक्षणों के होने से आने वाले दिनों में जज होने की सम्भावना है, उनमें से अधिकांश गुण इसमें मौजूद हैं।

तब 'बहू जी' के दिल तोड़ देने वाले शक की बात उसे सहसा याद आ गयी, तथा बड़े आश्चर्य में आकर वह दिल-ही-दिल कहने लगा, "हाँ, हाँ, माँ के मन ने ठीक जान लिया था कि किसी ने उसके बच्चे को चोरी कर लिया है। ठीक तो है, तभी तो वह मेरे घर आकर पैदा हुआ है।" फिर, इतने दिन जो उसने बच्चे के लिए लापरवाही रखी, उसके लिए उसे बड़ा पछतावा हुआ। बच्चे को अब वह बहुत ज़्यादा चाहने लगा और प्यार करने लगा।

अब से फुलना को वह इस प्रकार पालने लगा जैसे वह किसी बड़े घराने का बच्चा हो। उसके प्रति वह साटन का कोट ख़रीद लाया, जरीदार टोपी भी ले आया, और अपनी पत्नी के गहने गलवाकर उसके लिए कड़े तथा लच्छे भी बनवा दिए। मुहल्ले के किसी भी लड़के के साथ वह उसे खेलने नहीं देता। रात-दिन स्वयं ही उसका साथी बनकर उससे खेलता रहता है। मुहल्ले के लड़के मौक़ा पाते ही फुलना को नवाब का नाती कहकर चिढ़ाया करते थे। तथा गाँव के लोग भी रायचरण के ऐसे पगलाये व्यवहार पर आश्चर्य प्रकट करने लगे।

फुलना जब पढ़ने के काबिल हुआ तब रायचरण अपनी ज़मीन वगैरह सब बेच-बाचकर उसे कलकत्ता ले गया। वहाँ बड़ी कठिनाई से एक नौकरी तलाश करके फुलना को उसने स्कूल में भरती करा दिया। खुद जैसे-तैसे गुज़र कर लेता, मगर लड़के को अच्छा खाना, बढ़िया पोशाक तथा अच्छी शिक्षा देने में कोई कसर न रखता। मन-ही-मन कहता–"लल्ला बाबू, तुम मेरे प्रेम से मेरे घर आए हो, इसलिए तुम्हारा मैं अपमान नहीं कर सकता।"

इसी प्रकार बारह साल बीत गए। लड़का पढ़ने-लिखने में तेज़ और देखने में भी अच्छा तगड़ा साँवले रंग का है, केश-वेश की सजावट की तरफ़ पूरा ध्यान रखता है। कुछ आरामतलबी तथा शौक़ीन मिज़ाज का है। बाप को ठीक

बाप जैसा नहीं समझता। कारण, रायचरण प्रेम करने में बाप तथा सेवा करने में नौकर जैसा बरताव करता है। इसके अलावा उसमें एक कमी भी थी, यह कि वह फुलना का बाप है, यह बात उसने सबसे छिपा रखी थी। जिस छात्रावास में फुलना रहता है, वहाँ के और सभी लड़के गँवार रायचरण का मज़ाक़ उड़ाया करते हैं, और कभी-कभी पिता की गैरहाजिरी में फुलना भी उसमें शामिल हो जाया करता है। फिर भी, ममता भरे आदत वाले भोले-भाले रायचरण को सभी लड़के बहुत प्रेम करते हैं, फुलना भी प्यार करता है, मगर उसमें पिता के प्यार की जगह अनुग्रह ही अधिक रहता है।

अब रायचरण बढ़ा हो चला। उसका मालिक अब हर वक़्त उसके काम-काज में दोष पकड़ता रहता है। सच में उसका बदन भी कमज़ोर हो चला है, काम में वह उतना ध्यान नहीं रख सकता, बार-बार भूल जाता है। पर जो पूरी तनख़्वाह देता है, वह बुढ़ापे की शिकायत कभी नहीं सुन सकता। इधर वह जो खेत-जोत बेच-बाचकर रुपये लाया था, वे भी सब ख़त्म हो चले थे। तथा फुलना भी आजकल अपने को कपड़े-लत्तों की कुछ तंगी महसूस करने लगा है।

सहसा एक दिन रायचरण ने कार्य से छुट्टी ले ली, तथा फुलना को कुछ रुपये देकर बोला–"लल्ला बाबू, ज़रूरी कार्य है मुझे, कुछ दिन के हेतु मैं देश जा रहा हूँ।" बस, इतना कहकर वह बारासात चल दिया। अनुकूल बाबू उस वक़्त बारासात में ऑफिसर थे।

अनुकूल बाबू के और कोई बाल-बच्चा नहीं हुआ था। उनकी पत्नी अब भी उस बच्चे के दु:ख में आँसू बहाया करती हैं।

एक दिन, शाम के वक़्त अनुकूल बाबू कचहरी से लौटकर विश्राम कर रहे थे और उनकी पत्नी किसी साधु-महात्मा से औलाद की कामना से बहुत मूल्य देकर कोई जड़ी तथा आशीर्वाद ख़रीद रही थीं।

इतने में आँगन से आवाज़ आई–"जय हो बहू जी की!"

बाबू साहब बोले–"कौन है?"

रायचरण ने आकर नमस्कार किया, बोला–"मैं हूँ, रायचरण।"

बूढ़े को देखकर अनुकूल का मन पसीज गया। उसकी मौजूदा हालत के बारे में उन्होंने सैकड़ो प्रश्न पूछ डाले। तथा फिर उन्होंने रायचरण को फिर से कार्य पर बहाल करने की मर्ज़ी प्रकट की।

रायचरण ने सूखी हँसी हँसकर कहा–"मैं तो केवल बहू जी का आशीर्वाद लेने आया हूँ।"

अनुकूल बाबू उसे अपने साथ अन्दर ले गए। मगर उसकी 'बहू जी' ने प्रसन्नता से अपना इस्तकबाल नहीं किया।

मगर रायचरण ने कुछ ध्यान न देते हुए हाथ जोड़कर कहा–"बहू जी, मैंने ही तुम्हारा लड़का चुराया था। पद्मा ने नहीं चुराया और किसी ने भी नहीं चुराया, उसको चुराने वाला मैं ही हूँ, किरतघ्नी हूँ मैं, दोषी हूँ।"

अनुकूल बाबू कह उठे–"क्या कह रहा है तू! कहाँ है वह?"

"जी, मेरे ही पास है वह। मैं उसे परसों यहाँ पहुँचा दूँगा।"

इतना कहकर रायचरण चला गया।

वह रविवार का दिन था। कचहरी की छुट्टी थी। सुबह से पति-पत्नी दोनों जने बड़ी उत्सुकता से रायचरण के आने की प्रतीक्षा कर रहे थे।

क़रीब दस बजे फुलना को साथ लेकर रायचरण हाज़िर हुआ था।

अनुकूल बाबू की पत्नी ने लड़के से कुछ पूछताछ नहीं की, और न कुछ सोचा-विचारा ही, वे झट से उसे गोद में बिठाकर, सीने से चिपटाकर, मुँह चूमकर तरसे हुए नयनों से उसका चेहरा देखकर कभी रोती और कभी हँसती हुई व्याकुल हो उठी। दरअसल लड़का देखने में काफ़ी अच्छा था। उसके पहनावे में, रहन-सहन में गरीबी का कोई लक्षण ही नहीं था। मुँह पर बेहद भला दिखने वाला, विनम्र, शर्मीला भाव देखकर अनुकूल के मन में भी अचानक प्रेम उमड़ आया। फिर भी उन्होंने मजबूती के साथ पूछा–"कोई सबूत है?"

रायचरण ने कहा–"ऐसे कार्य का सबूत क्या होगा, बाबू साहब? मैंने जो आपका लड़का चुराया था, इस बात को केवल मैं ही जानता हूँ या भगवान जानते हैं, दुनिया में तीसरा कोई नहीं जानता।"

अनुकूल ने सोच-समझकर तय किया कि लड़के को पाते ही उनकी पत्नी ने जिस बेचैनी के साथ उसे अपना लिया है, उसे देखते हुए अब सबूत माँगना कुछ मतलब नहीं रखता। जिस तरह भी बने विश्वास करना ही अच्छा है। इसके अलावा और भी एक बात है, रायचरण को ऐसा लड़का मिल भी कहाँ से सकता है? दूसरे, काफ़ी पुराना बूढ़ा नौकर बिना वजह उन्हें धोखा देगा ही क्यों?

लड़के से भी बातचीत करने पर यही पता हुआ कि बचपन से ही वह रायचरण के साथ है, तथा अब तक उसी को वह पिता समझता आया है, किन्तु रायचरण ने कभी उसके साथ पिता के समान बर्ताव नहीं किया, बल्कि वह नौकर जैसा बरताव करता रहा है। आख़िर में अनुकूल ने दिल से शक दूर करके कहा–“मगर, रायचरण, अब तू हम लोगों की परछाई भी न छू सकेगा।”

रायचरण ने हाथ जोड़कर गदगद कंठ से कहा–“मालिक साहब, अब इस बुढ़ापे में कहाँ जाऊँगा?”

मालकिन ने कहा–“नहीं, नहीं, रहने दो। लल्ला मेरा सुखी बना रहे। इसे मैं क्षमा करती हूँ।”

मगर न्यायपरायण जज अनुकूल चन्द्र ने कहा–“इसने ऐसा भयानक कसूर किया है कि इसे क्षमा नहीं किया जा सकता।”

रायचरण ने अनुकूल बाबू के पाँव पकड़कर कहा–“मैंने कुछ नहीं किया, बाबू साहब, ईश्वर ने किया है।”

अपना पाप भगवान के सिर मढ़ने की कोशिश करते देख जज साहब और भी क्रोधित हो उठे। बोले–“जिसने ऐसा धोखे का कार्य किया है, उस पर अब फिर यक़ीन करना सही नहीं।”

रायचरण ने पाँव छोड़कर कहा–“ऐसा मैं नहीं हूँ मालिक!”

“तो कौन है ऐसा?”

“मेरा भाग्य।”

“मगर, इस तरह की कैफियत से किसी उच्च शिक्षित तथा ख़ासकर न्यायकर्ता दंडदाता जज को भला कैसे तसल्ली मिल सकती थी।”

रायचरण ने कहा–“दुनिया में मेरा और कोई भी नहीं है, मालिक!”

फुलना ने जब देखा कि वह जज का लड़का है, रायचरण ने अब तक उसे चुरा रखा था तथा अपना लड़का बताकर वह उसका अपमान करता रहा है, तब उसे भी मन-ही-मन कुछ क्रोध आया, किन्तु फिर भी उसने सहनशीलता के साथ पिता से कहा–“पिता जी, इसे क्षमा कर दो। घर में यदि नहीं रखना चाहते, तो इसके लिए कुछ तनख़्वाह बाँध दो।”

इसके बाद रायचरण ने मुँह से कुछ भी न कहा। बस, एक बार अपने इकलौते बेटे का अच्छी प्रकार मुँह देखा, सबको नमस्ते किया, और फिर द्वार से बाहर निकलकर संसार के अनगिनत व्यक्तियों में जाकर मिल गया।

महीने के अन्त में अनुकूल बाबू ने जब उसके देश के पते पर कुछ रुपये भेजे तो मनीऑर्डर वापस आ गया। वहाँ मनीऑर्डर को लेने वाला कोई भी न था।

***

कवि और कविता

राजमहल के सामने बहुत भीड़ लगी हुई थी। एक नवयुवक संन्यासी बीन पर प्रेमराग अलाप रहा था। उसका मीठा स्वर गूँज रहा था तथा उसके मुख पर दया और सहृदयता के भाव ज़ाहिर हो रहे थे। स्वर के उतार-चढ़ाव और बीन की झंकार दोनों ने मिलकर काफ़ी ही आनन्दप्रद स्थिति पैदा कर रखी थी। दर्शक झूम-झूमकर आनन्द ले रहे थे।

गाना समाप्त हुआ तो दर्शक चौंक उठे। रुपये-पैसे की बारिश होने लगी। एक-एक करके लोगों की भीड़ छँटने लगी। नवयुवक संन्यासी ने सामने पड़े हुए रुपये-पैसों को बड़े गौर से देखा और आप-ही-आप मुस्करा दिया। उसने बिखरे हुए धन को इकट्ठा किया और फिर उसे ठोकर मारकर बिखरा दिया। इसके पश्चात् बीन उठाकर एक ओर चल दिया।

राजकुमारी माया ने भी उस नवयुवक संन्यासी का गीत सुना था। दर्शक प्रतिदिन वहाँ आते और संन्यासी को न पाकर मायूस हो वापस चले जाते थे। राजकुमारी माया भी प्रतिदिन राजमहल के सामने देखती और घंटों देखती रहती। जब रात का अंधकार सभी जगह अपना आधिपत्य जमा लेता तो राजकुमारी खिड़की के अन्दर से उठती। उठने से पहले वह सबसे पहले एक निराशाजनक करुणामय आह खींचा करती थी।

इसी तरह दिन, हफ़्ते और महीने गुज़र गए। साल ख़त्म हो गया, परन्तु युवक संन्यासी फिर दिखाई नहीं दिया। जो आदमी उसकी तलाश में आया करते थे, धीरे-धीरे उन्होंने वहाँ आना छोड़ दिया। वे उस घटना को भूल गये, लेकिन राजकुमारी माया...राजकुमारी माया उस युवक संन्यासी को हृदय से न भुला सकी।

उसकी आँखों में हर पल उसका चित्र फिरता। होते-होते उसने भी गाने का रियाज़ किया। वह प्रतिदिन अपने बाग़ में जाती और गाने का अभ्यास करती। जिस समय रात की नीरवता में सोहनी के गीत की लय गूँजती तो सुनने वाले मन्त्र-मुग्ध हो जाते।

राजकवि अनंगशेखर नौजवान था। उसकी कविता असरदार और ज़ोरदार होती थी। जिस दरबार में अपनी कविता गीत के साथ पढ़कर सुनाता तो सुनने वालों पर मादकता की लहर दौड़ जाती, शून्यता का राज्य चारों ओर होता। राजकुमारी माया को कविता से प्यार था। शायद वह भी अनंगशेखर की कविता सुनने के लिए विशेषतौर से दरबार में आ जाती थी।

राजकुमारी की उपस्थिति में अनंगशेखर की ज़ुबान लड़खड़ा जाती। वह ज्ञान शून्य-सा खोया-खोया हो जाता, लेकिन इसके साथ ही उसकी भावनाएँ जागृत हो जातीं। वह झूम-झूमकर उपमा और उदाहरणों को सामने रखता। सुनने वाले अनुरक्त हो जाते। राजकुमारी के दिल में भी प्यार की नदी तरंगें लेने लगतीं। उसको अनंगशेखर से कुछ प्रेम अनुभव होता, किन्तु तुरन्त ही उसकी आँखें खुल जातीं और युवक संन्यासी का चित्र उसके सामने तैरने लगता। ऐसे मौके पर उसकी आँखों से आँसू छलकने लगते। अनंगशेखर आँसूभरी आँखों पर दृष्टि डालता तो स्वयं भी आँसुओं के प्रवाह में बहने लगता। उस समय वह हथियार डाल देता और अपनी ज़ुबान से आप ही कहता–“मैं अपनी हार मान चुका हूँ।”

कवि अपनी धुन में मस्त था। चारों ओर प्रसन्नता और आनन्द दृष्टिगोचर होता था। वह अपने ख़यालों में इतना मग्न था जैसे प्रकृति के आँचल में रंगरेलियाँ मना रहा हो।

अचानक वह चौंक पड़ा। उसने आँखें फाड़कर अपने चारों ओर दृष्टि डाली और फिर एक लम्बी साँस ली। सामने एक कागज पड़ा हुआ था। उस पर कुछ पंक्तियाँ लिखी हुई थीं। रात्रि का अँधेरा फैलता जा रहा था। वह वापस हुआ।

राजमहल निकट था और उससे मिला हुआ बाग़ था। अनंगशेखर बेकाबू हो गया। राजकुमारी की तलाश उसको बरबस ही बाग़ के अन्दर ले गई।

चन्द्रमा की किरणें जलस्रोत की लहरों से अठखेलियाँ कर रही थीं, प्रत्येक दिशा में जूही और मालती की ख़ुशबू बिखरी हुई थी, कवि आनन्दप्रद नज़रों को देखने में तल्लीन हो गया। डर और शंका ने उसे आ दबाया। वह आगे कदम न उठा सका। पास ही एक घना पेड़ था। उसकी छाया में खड़े होकर वह बगीचे के बाहर का

आनन्द हासिल करने लगा। इसी बीच में हवा का एक मधुर झोंका आया। उसने अपने बदन में एक कम्पन महसूस किया। इसके पश्चात् बगीचे से एक मधुर स्वर आया, कोई गा रहा था। वह अपने आपे में न था, कुछ खो-सा गया। मालूम नहीं इस स्थिति में वह कितनी देर खड़ा रहा? जिस समय वह होश में आया, तो देखा कोई निकट खड़ा है। सहसा चौंक उठा, उसके सामने राजकुमारी माया खड़ी थी।

अनंगशेखर का शीश नीचा हो गया। राजकुमारी ने मुस्कुराते हुए होंठों से पूछा–"अनंगशेखर, तुम यहाँ किसलिए आए?"

कवि ने सिर उठाया, फिर कुछ शर्माते हुए राजकुमारी की ओर देखा, फिर भी मुँह से कुछ नहीं कहा।

राजकुमारी ने कहा–"तुम यहाँ क्यों आये?"

इस बार कवि ने हिम्मत से काम लिया। हाथ में जो ख़त था वह राजकुमारी को दे दिया। राजकुमारी ने कविता पढ़ी। उस कविता को अपने निकट रखना चाहा, किन्तु वह छूटकर हाथ से गिर गई। राजकुमारी तीर की प्रकार वहाँ से चली गई। अब कवि से बरदाश्त न हो सका, वह ज्ञान-शून्य होकर चिल्ला पड़ा–"माया, माया!"

मगर अब माया कहाँ थी।

राजदरबार में एक आदमी आया, दरबारी चिल्ला उठे–"अरे, यह तो वही संन्यासी है जो उस रोज़ राजमहल के सामने गा रहा था।"

राजकुमारी ने पता किया–"यह युवक कौन है?"

युवक ने जवाब दिया–"महाराज, मैं एक कवि हूँ।"

राजकुमारी उस युवक को देखते ही चौंक पड़ी।

राजकवि ने भी उस युवक पर दृष्टि डाली, मुँह फक हो गया। पास ही एक व्यक्ति बैठा था, उसने कहा–"नहीं! यह तो एक भिखारी है।"

राजकवि बोल उठा–"नहीं, उसकी बेइज्ज़ती मत करो, वह एक कवि है।" एकाएक चारों ओर सन्नाटा छा गया। महाराज ने उस युवक से कहा–"कोई अपनी कविता सुनाओ।"

युवक आगे बढ़ा, उसने राजकुमारी को तथा राजकुमारी ने उसको देखा। स्वाभिमान महसूस करते हुए उसने पग आगे बढ़ाये।

राजकवि ने भी यह हालत देखी तो उसके मुँह पर हवाइयाँ उड़ने लगीं।

युवक ने अपनी कविता सुनानी आरम्भ की। प्रत्येक चरण पर वाह-वाह की ध्वनियाँ गूँजने लगीं, किसी ने ऐसी कविता आज तक नहीं सुनी थी।

युवक का मुख स्वाभिमान और प्रसन्नता से दमक उठा। वह मस्त हाथी की भाँति झूमता हुआ आया तथा अपनी जगह पर बैठ गया। उसने एक बार फिर राजकुमारी की ओर देखा और इसके पश्चात् राजकवि की ओर।

महाराज ने राजकवि से बताया—"तुम भी अपनी कविता सुनाओ।"

अनंगशेखर चेतना शून्य-सा बैठा था। उसके मुँह पर निराशा तथा असफलता की झलक जाहिर हो रही थी।

महाराजा फिर बोले—"अनंगशेखर किस चिन्ता में डूबे हुए हो? क्या इस युवक कवि का जवाब तुमसे नहीं बन पड़ेगा?"

यह बेइज़्ज़ती कवि के लिए बरदाश्त से बाहर थी। उसकी आँखें लाल हो गयीं, वह अपने स्थान से उठा और आगे बढ़ा। उस वक़्त उसके कदम डगमगा रहे थे। आगे पहुँचकर वह रुका, दिल खोलकर उसने अपनी काव्य-प्रतिभा का प्रदर्शन किया। चारों ओर शून्यता और ज्ञान-शून्यता छा गयी, श्रोता मूर्ति से बनकर रह गये। इसके पश्चात् राजकवि खामोश हो गया। एक बार उसने चारों ओर दृष्टिपात किया। उस वक़्त राजकुमारी का मुख पीला था। उस युवक का घमंड टूट चुका था। धीरे-धीरे सब दरबारी नींद से चौंके, चारों तरफ़ 'धन्य है', 'धन्य है' की आवाज़ गूँजी।

महाराज ने राजसिंहासन से उठकर कवि को दिल से लगा लिया। कवि की यह आख़िरी जीत थी।

महाराज ने निवेदन किया—"अनंग! माँगो क्या माँगते हो? जो माँगोगे दिया जायेगा।"

राजकवि कुछ देर तक सोचता रहा। इसके पश्चात् उसने कहा—"महाराज, मुझे और कुछ नहीं चाहिए। मैं केवल राजकुमारी का इच्छुक हूँ।"

इतना सुनते ही राजकुमारी को गश आ गया। कवि ने फिर कहा—"महाराज, आपके कहने के मुताबिक राजकुमारी मेरी हो चुकी है, अब जो चाहूँ कर सकता हूँ।" यह कहकर उसने युवक कवि को अपने निकट बुलाया और कहा—"मेरे जीवन का मुख्य मकसद यह था कि राजकुमारी का प्रेम प्राप्त करूँ। तुम नहीं जानते कि

राजकुमारी की खुशी और सुख के लिए मैं अपनी जान तक न्यौछावर करने को तैयार हूँ। हाँ, युवक तुम इनमें से किसी को जानते नहीं हो, लेकिन थोड़ी देर बाद तुमको पता हो जायेगा कि मैं ठीक कहता था या नहीं।"

कवि की जुबान रुक गई, उसकी आवाज़ कुछ भारी भी हो गयी, सिलसिला जारी रखते हुए उसने कहा–"क्या तुम्हें मालूम है कि मैंने क्या देखा? नहीं। और इसका न जानना ही तुम्हारे लिए अच्छा है। सोचता था जीवन सुख से गुज़रेगा, परन्तु यह आशा भ्रमित सिद्ध हुई। जिससे प्रेम है वह अपना हृदय किसी और को दे चुकी है। जानते हो अब राजकुमारी को पाकर भी प्रसन्न न हो सकूँगा, क्योंकि राजकुमारी इससे प्रसन्न न हो सकेगी। आओ, लड़के आगे आओ! तुम्हें मुझसे नफ़रत हो तो, बेशक हुआ करे, आओ, आज मैं अपनी सारी सम्पत्ति तुम्हें सौंपता हूँ।"

राजकवि मौन हो गया, लेकिन उसका मौन क्षणिक था। अचानक उसने महाराज से कहा–"महाराज, एक विनती है और वह यह कि मेरी जगह पर इस लड़के को कविराज बनाया जाए।"

राजकवि के डग लड़खड़ाने लगे। देखते ही देखते वह पृथ्वी पर आ रहा। आख़िरी बार पथराई हुई दृष्टि से उसने राजकुमारी की तरफ़ देखा, यह नज़र अर्थमयी थी। वह राजकुमारी से कह रहा था–"मेरी प्रसन्नता यही है कि तुम प्रसन्न रहो। विदा।" इसके बाद कवि ने अपनी आँखें बंद कर लीं और ऐसी बंद कीं, कि फिर न खुलीं।

***